위안의 노래

조 동 일

계명대학교, 영남대학교, 한국정신문화연구원,
서울대학교 교수, 계명대학교 석좌교수 역임.
현재 서울대학교 명예교수.
대한민국 학술원 회원.

《한국소설의 이론》,《하나이면서 여럿인 동아시아문학》,
《세계문학사의 전개》등 저서 50여 종.

서정시 동서고금 모두 하나 4

위안의 노래

––––––––––––

초판 1쇄 발행 2016. 11. 25.
초판 1쇄 발행 2016. 11. 30.

지은이 조 동 일
펴낸이 김 경 희
펴낸곳 내마음의 바다
본사 ● 03044, 서울시 종로구 자하문로6길 18-7
 전화 (02) 734-1978 팩스 (02) 720-7900
파주사무소 ● 10881, 경기도 파주시 광인사길 53
 전화 (031) 955-4226~7 팩스 (031) 955-4228
한글문패 내마음의 바다
영문문패 www.jisik.co.kr
전자우편 jsp@jisik.co.kr
등록번호 제 300-2003-114호
등록날짜 2003. 6. 18.

책값은 뒤표지에 있습니다.

ⓒ 조동일, 2016
ISBN 978-89-423-9019-9(04800)
ISBN 978-89-423-9015-1(전6권)

––––––––––––

이 책을 읽고 저자에게 문의하고자 하는 이는
지식산업사 전자우편으로 연락 바랍니다.

서정시 동서고금 모두 하나 4

위안의 노래

조 동 일

내마음의 바다

차 례

제1장
꽃에 매혹되어

백거이(白居易), 〈**모란꽃이 아쉽다**(惜牡丹花)〉

惆悵階前紅牧丹
晚來唯有兩枝殘
明朝風起應吹盡
夜惜衰紅把火看

슬프다, 섬돌 앞의 붉은 모란꽃
저녁이 되니 두 송이만 남았구나.
내일 아침 바람 불면 모두 없어지리.
지는 꽃 아쉬워 밤에 불 밝히고 본다.

　중국 당나라 시인 백거이는 사랑하는 모란이 지는 것을 아쉬
워했다. 앞에서는 많이 피어 있던 모란꽃이 저녁이 되니 두 송
이만 남았다고 했다. 계속 보면서 헤아렸다는 말이다. 뒤에서
는 내일 아침에 바람이 불면 그 두 송이마저 떨어져버릴 것을
염려해 밤에 불을 밝히고 바라본다고 했다. 자연물의 아름다
움이 사라지는 것을 애석하게 여겨 더욱 사랑하는 시의 본보기
이다.

김영랑, 〈**모란이 피기까지는**〉

모란이 피기까지는,
나는 아직 나의 봄을 기다리고 있을 테요.
모란이 뚝뚝 떨어져 버린 날,
나는 비로소 봄을 여읜 설움에 잠길 테요.
오월 어느 날, 그 하루 무덥던 날,
떨어져 누운 꽃잎마저 시들어 버리고는
천지에 모란은 자취도 없어지고,
뻗쳐오르던 내 보람 서운케 무너졌느니,
모란이 지고 말면 그뿐, 내 한 해는 다 가고 말아,

삼백 예순 날 하냥 섭섭해 우웁내다.
모란이 피기까지는,
나는 아직 기다리고 있을 테요,
찬란한 슬픔의 봄을.

　김영랑이 이 시에서 노래한 모란 또한 아름다운 꽃이다. 백
거이, 〈모란꽃이 아쉽다〉에서 본 모란이 다시 등장했다. 모란
이 지는 것을 아쉬워한 것도 같다. 그런데 여기서는 모란의 아
름다움을 말하지 않았다. 모란이 피는 것을 기다린다고 하다
가 모란이 지면 설움에 잠긴다고 했다. 모란이 지고 말아 섭
섭하다는 말을 늘어놓은 것이 가장 큰 비중을 차지한다. 끝에
서는 모란이 피었다가 지는 "찬란한 슬픔의 봄을" 기다린다고
했다.

　아름다움은 시간의 흐름 속에서 존재하므로 다가왔다가 사
라진다. "찬란한 슬픔"이 라는 역설이 아름다움의 본질이다.
가치는 상실을 통해 확인된다. 만남에는 헤어짐이, 생성에는
소멸이 있다. 헤어짐이나 소멸 때문에 슬퍼하다가, 만남과 생
성을 기대하면서 위안을 얻을 것은 아니다. 생성이 소멸이고
소멸이 생성이어서, 기쁨이 슬픔이고 슬픔이 기쁨임을 아는
것이 더 큰 위안이다. 이렇게 깨우쳐준다.

이황(李滉), 〈**도산 달밤의 매화시**(陶山月夜詠梅)〉

獨倚山窓夜色寒
梅梢月上正團團
不須更喚微風至
自有淸香滿院間

山夜寥寥萬境空
白梅凉月伴仙翁

箇中唯有前灘響
揚似爲商抑似宮

步屧中庭月趁人
梅邊行繞幾回巡
夜深坐久渾忘起
香滿衣布影滿身

홀로 산으로 난 창에 기대니 밤기운 찬데,
매화나무 끝에 오른 달 둥글고 둥글도다.
구태여 다시 부르지 않아도 산들바람 불어
맑은 향기 저절로 담장 안에 가득하네.

산속 밤은 적막하고 온 세상이 비었는데,
흰 매화 차가운 달이 신선 늙은이 벗해주네.
그 가운데 오직 앞 내만 소리를 울리니,
높을 때는 상(商)음이요 낮을 때는 궁(宮)음일세.

뜰을 거닐고 있으니 달이 사람을 따라오네.
매화 언저리 돌기를 몇 번이나 했던고.
밤 깊도록 오래 앉아 일어나기를 잊었더니,
향기 옷에 가득하고, 그림자 몸에 가득하네.

　이황은 한국 조선시대 성리학자이다. 시를 즐겨 짓는 시인이
기도 했다. 매화를 사랑하고 매화시 짓는 것을 좋아했다. 모두
여섯 수 연작인데 처음 세 수를 든다. 달밤에 매화를 보니 더
욱 아름답고, 산들바람이 불어 향기를 전한다고 했다.
　달밤의 매화를 제1연에서는 방안에서 창을 열고 내다보고,
제2연에서는 주위의 모습까지 다 보고, 제3연에서는 밖에 나
가서 즐긴다고 했다. 방안에 칩거하고 있는 늙은이를 매화가
밖으로 불러냈다. 매화가 달빛을 받고, 바람과 어울려 빚어내

는 아름다움은 사람에게 즐거움을 줄 뿐만 아니라 고결한 정신
을 지니도록 한다.

김용택, 〈섬진강 매화꽃을 보셨는지요〉

매화꽃 꽃 이파리들이
하얀 눈송이처럼 푸른 강물에 날리는
섬진강을 보셨는지요
푸른 강물 하얀 모래밭
낯선 푸른 댓잎이 사운대는
섬진강가에 서럽게 서보셨는지요
해 저문 섬진강가에 서서
지는 꽃 피는 꽃을 다 보셨는지요
산에 피어 산이 환하고
강물에 져서 강물이 서러운
섬진강 매화꽃을 보셨는지요
사랑도 그렇게 와서
그렇게 지는지
출렁이는 섬진강가에 서서 당신도
매화꽃 꽃잎처럼 물 깊이
울어는 보았는지요
푸른 댓잎에 베인
당신의 사랑을 가져가는
흐르는 섬진강 물에
서럽게 울어는 보았는지요

　김용택은 한국 현대시인이다. 섬진강 가에 살면서 섬진강 시
를 짓는다. 섬진강 가에는 매화가 많이 피니 매화시를 짓는 것
이 당연하다. 매화의 모습을 그리지 않고, 매화를 보면 서러움
을 느낀다고 했다.

워드워즈William Wordsworth, 〈수선화Daffodils〉

I wandered lonely as a cloud
That floats on high o'er vales and hills,
When all at once I saw a crowd,
A host, of golden daffodils;
Beside the lake, beneath the trees,
Fluttering and dancing in the breeze.

Continuous as the stars that shine
And twinkle on the milky way,
They stretched in never−ending line
Along the margin of a bay:
Ten thousand saw I at a glance,
Tossing their heads in sprightly dance.

The waves beside them danced; but they
Out−did the sparkling waves in glee:
A poet could not but be gay,
In such a jocund company:
I gazed—and gazed—but little thought
What wealth the show to me had brought:

For oft, when on my couch I lie
In vacant or in pensive mood,
They flash upon that inward eye
Which is the bliss of solitude;
And then my heart with pleasure fills,
And dances with the daffodils.

골짜기와 산 위에 높이 떠도는
외로운 구름처럼 방랑하다가
나는 문득 보게 되었네
금빛 수선화가 무리 지어 핀 것을.

호수 옆, 나무 아래에서
미풍에 한들한들 춤추는 모습을.

은하수에서 빛나고 반짝이는
별들처럼 이어지면서,
호반의 가장자리에서
끝없이 줄지어 뻗어 있는
수천 송이 수선화를 한눈에 보았네,
즐겁게 춤추면서 머리를 흔드는.

그 옆에서 물결도 춤을 추지만,
반짝이는 그 물결 어찌 따르리.
시인은 오직 즐겁기만 하네.
이처럼 즐거운 벗들과 어울리니.
바라보고, 바라보기만 하고,
얼마나 값진 선물인지 생각 못했네.

그러다가 이따금 침상에 누워
하염없이 생각에 잠겨 있을 때,
고독의 축복인 내면의 눈에서
그 수선화 무리가 번쩍이면서,
내 마음을 기쁨으로 채워주고
함께 춤추게 하네.

　널리 알려지고 애송되는 영국 낭만주의 시인 워드워즈의 시
이다. 방랑자가 하는 말로 시작해 유랑의 노래라고 해야 할 것
같지만, 수선화를 보고 기뻐하는 마음을 나타내면서 유랑에서
위안으로 나아가 여기서 다룬다. 수선화는 백거이의 모란, 이
황의 매화, 릴케의 장미, 하이네의 연꽃과 동격인 아름다운 꽃
이지만, 언제나 보면서 사랑하는 것이 아니고 우연히 만나 감
탄했다고 하는 위안물이다. 제1연에서 제3연까지 외형의 아름

다움을 묘사한 수선화가 자기 내면에서 어떤 의의를 가지는지 미처 모르고 있다고 제3연의 말미에서 말하고, 나중에 깨닫게 되었다고 제4연에서 말했다.

백거이의 모란, 이황의 매화, 릴케의 장미, 하이네의 연꽃은 눈으로 보고 향기를 맡아 그 아름다움을 상념의 원천으로 삼도록 하는 인식의 대상이다. 여기서 노래한 수선화는 그 자체의 외형에서도 내면에 남긴 기억에서도 무리를 지어 춤을 추는 율동감이 즐거움을 준다고 했다. 앞의 두 시는 읽고 상념에 잠기도록 지었는데, 이 시는 음악적인 운율을 잘 갖추어 독자의 마음이 움직이게 한다.

아름다움을 찾아 위안이 되게 하는 것을 시인의 사명으로 삼은 점이 다르지 않다. 아름다움은 시각의 만족을 일차적인 요건이라고 삼는다고 여겨, 세 시에서 모두 꽃을 노래했다. 그러면서 대상이 지닌 외형의 아름다움이 바라보는 사람 내면의 위안으로 이어지게 하는 연결의 고리는 상이하게 파악했다. 그것이 앞의 두 시는 상념이라고 하고, 여기서는 율동이라고 했다. 꽃을 보고 아름다운 상념을 얻고, 아름다운 율동을 느낄 것인가는 논란의 대상이 아니다. 둘을 아우르지 못해 하나씩 택했다.

릴케Rainer Maria Rilke, 〈장미Les roses〉

3

Rose, toi, ô chose par excellence complète
qui se contient infiniment
et qui infiniment se répand, ô tête
d'un corps par trop de douceur absent,

rien ne te vaut, ô toi, suprêment essence

de ce flottant séjour;
de cet espace d'amour où à peine l'on avance
ton parfum fait le tour.

4

C'est pourtant nous qui t'avons proposé
de remplir ton calice.
Enchantée de cet artifice,
ton abondance l'avait osé.

Tu étais assez riche, pour devenir cent fois toi—même
en une seule fleur;
c'est l'état de celui qui aime...
Mais tu n'as pas pensé ailleurs.

5

Abandon entouré d'abandon,
tendresse touchant aux tendresses...
C'est ton intérieur qui sans cesse
se caresse, dirait—on;

se caresse en soi—même,
par son propre reflet éclairé.
Ainsi tu inventes le thème
du Narcisse exaucé.

6

Une rose seule, c'est toutes les roses
et celle—ci: l'irremplaçable,
le parfait, le souple vocable
encadré par le texte des choses.

Comment jamais dire sans elle
ce que furent nos espérances,
et les tendres intermittences,
dans la partance continuelle.

3

장미여, 너는, 오 탁월하고 완전하도다.
무한하게 스스로 절제하고
무한하게 퍼져 나가는, 오 너무나도
감미로워 없는 듯한 신체의 머리여.

너만한 것이 없다, 오, 으뜸가는 본질이여,
떠돌아다니면서 멈추는 너는.
사람은 가까스로 다가가는 사랑의 면모,
향기가 떠도는 너는.

4

그런데도 우리는 제안했다
너의 꽃받침을 가득 채우라고.
이 계책에 매혹되어,
너의 풍요로움으로 실행했다.

너는 너무나 풍요로워, 백 번이나 너 자신이 된다,
꽃 한 송이에서.
그것은 사랑하는 사람의 자태이다...
그러나 너는 다른 딴 생각을 하지 않는다.

5

버림으로 둘러싸인 버림
부드러움으로 이어진 부드러움...
너의 내부에서는 애무가
끝없이 이어진다고 할 것인가.

자기 자신을 애무하니
물에 비친 모습을 보면서,
그래서 나르시스의 소원 성취를 말한
그 전설을 네가 만들어냈다.

6

장미 한 송이가 모든 장미,
둘도 없이 소중한 오직 하나.
완전하면서도 유연한 단어
사물들에 관한 언술에 둘러싸인.

장미가 없다면 무엇으로 말하겠나
우리가 무엇을 바랐던가를.
줄곧 출발하기만 하면서
이따금 만난 부드러움을.

　릴케는 독일어 시인이지만, 장미를 좋아해 장미 시 연작을
불어로 지었다. 장미의 아름다움을 그리려면 모국어인 독어보
다 불어가 더욱 적합하다고 여긴 것 같다. 장미는 무한히 아름
다운 자연물이면서 사람이 지닌 소망을 나타내주는 상징물이라
고 생각했다. 모두 24수인데 3번에서 6번까지 네 수를 들었다.
　제3수에서는 장미의 아름다움이 그 자체로 완전하다고 하고
서, 그 뒤에는 더욱 구체화할 것을 요구했다. 제4수에서는 장
미의 모습을 그리고, 스스로 자기 자신을 사랑하고 애무하는
나르시스 이야기의 원형을 본다고 했다. 제5수에서는 사람이

빠져 들어갈 수 있는 자아도취의 유혹을 좋게 말했다. 제6수에
서는 장미는 사람이 줄곧 출발해야 하는 삶에서 기대하는 위안
을 말해준다고 했다.

하이네Heinrich Heine, 〈연꽃Die Lotosblume〉

Die Lotosblume ängstigt
Sich vor der Sonne Pracht
Und mit gesenktem Haupte
Erwartet sie träumend die Nacht.

Der Mond, der ist ihr Buhle
Er weckt sie mit seinem Licht,
Und ihm entschleiert sie freundlich
Ihr frommes Blumengesicht,

Sie blüht und glüht und leuchtet
Und starret stumm in die Höh';
Sie duftet und weinet und zittert
Vor Liebe und Liebesweh.

연꽃은 불안하게 여긴다.
햇빛이 빛나는 앞에서는
고개를 숙이고 있으면서
밤을 꿈꾸듯이 기다린다.

달은 연꽃의 연인이다.
달빛으로 연꽃을 깨우면,
베일을 벗고 다정스럽게
경건한 꽃 얼굴을 보인다.

연꽃은 피고, 열 내고, 빛난다.
높은 곳을 말없이 바라본다.
탄식하고, 울고, 몸을 떤다.
사랑과 사랑의 아픔 때문에.

　　하이네는 독일 낭만주의 시인이다. 연꽃의 아름다움에 매혹
되어 이런 시를 지었다. 아름다운 여인에게 견준 연꽃이 햇빛
은 두렵게 여긴다고 제1연에서, 달을 사랑해 연인으로 맞이한
다고 제2연에서 말했다. 그러나 달은 높이 있어 연꽃이 "피고,
열 내고, 빛나"도 간격이 메워지지 않아 이루어지지 않는 사랑
의 슬픔을 안고 "탄식하고, 울고, 몸을 떤다"고 했다. 아름다
운 자연물을 들어 사람이 겪는 좌절, 이루어지지 못하는 사랑
을 노래했다.

신동엽, 〈들국화〉

동혈산(洞穴山)에 불붙는 단풍과 같이
내 마음 훨훨 불타오른다

까마귀 울어도 쓸쓸한 시골길
들에 산에 나타나는 너의 목소리 너의 얼굴

동혈산에 물드는 붉은빛과 같이
내 마음 곱게곱게 불타오른다

궂은비 나려도 외로운 시골길
들국화는 피어서 나에게 이르는 말

어때요 나의 향기가? 나도 목숨이야요

근데 아저씨 두 눈동자는 누굴 생각하셔요, 네

　신동엽은 한국 현대시인이다. 들국화에 관한 시를 이렇게 지었다. 들국화는 화려하지 않고 쓸쓸한 꽃이다. 없어진 사람을 생각하게 하는 꽃이다. 불타오르는 마음을 진정시키고 자기를 되돌아보게 한다고 했다.

제2장
초목을 벗삼아

허초희(許楚姬), 〈난초시(蘭草詩)〉

誰識幽蘭淸又香
年年歲歲自芬芳
莫言比蓮無人氣
一吐花心萬草王

누가 알리요 그윽한 난초 맑음과 향기,
해마다 해마다 내음 저절로 빼어나다.
연꽃만큼 인기가 없다고 말하지 말아라.
꽃 마음 한 번 토하면 모든 풀의 왕이다.

　허초희는 한국 조선시대 여성시인이다. 난설헌(蘭雪軒)이라
는 호로 널리 알려졌다. 난초와 눈을 좋아한다는 말로 호를 삼
았다. 이 시에서 "누가 알리오"라는 말을 앞세우고, 세상에서
알아주지 않지만 난초는 향기가 빼어나다고 거듭 칭송했다.
　"香"도 향기이고, "芬"도 향기이다. 외모가 화려한 연꽃이
인기를 누리지만, 꽃을 피워 고결한 마음을 향기로 뿜어내면
난초는 풀 가운데 으뜸이라고 했다. 연꽃과 난초의 비교는 사
람에 관한 말이다. 연꽃 같은 사람만 아름답다고 하지 말고,
난초 같은 사람을 알아주어야 한다고 했다.

이병기, 〈난초〉

빼어난 가는 잎새 굳은 듯 보드랍고
자줏빛 굵은 대공 하야한 꽃이 벌고
이슬은 구슬이 되어 마디마디 달렸다.

본디 그 마음은 깨끗함을 즐겨하여
정(淨)한 모래틈에 뿌리를 서려 두고

미진(微塵)도 가까이 않고 우로(雨露) 받아 사느니라.

이병기는 한국 현대 시조시인이다. 시조로 지은 〈난초〉 네 수 가운데 네 번째 것을 든다. 앞에서는 난초를 바라보고 모습을 그리고, 뒤에서는 난초의 성품이 고결한 선비와 같다고 했다.

하지장(賀知章), 〈버들 노래(咏柳)〉

碧玉妝成一樹高
萬條垂下綠絲條
不知細葉誰裁出
二月春風似剪刀

벽옥으로 만든 높은 나무 하나에
만 가닥 드리워 푸른 실로 엮은 띠
가느다란 잎사귀 누가 잘랐나?
이월 봄바람이 가위와 같구나.

하지장은 중국 당나라 시인이다. 버들을 이렇게 노래했다. 자연물에 매혹되어 감격하는 이런 시에는 실향·이별·유랑의 노래에서 보던 슬픔이나 고난이 모두 사라지고 아름답고 즐거운 것만 있다. 일상생활에서는 얻기 어려운 최상의 위안을 제공하는 것도 시의 사명이어서 시인들이 분발한다.

앞에서는 버들이 높은 가지에서 만 가닥 늘어져 있는 모습을 그렸다. 뒤에서는 그것을 누가 만들었는가 묻다가 이월 봄바람이 가위질을 한 것 같다고 했다. 자연물의 아름다움에 매혹되어 지은 시의 좋은 본보기이다.

강세황(姜世晃), 〈돌벼랑의 위태로운 소나무(石壁危松)〉

落落長松樹
巉巉亂石層
下臨幽磵曲
秋水晩踰澄

구불구불 길게 뻗은 소나무,
거듭 가파르게 포개진 바위.
그 아래 깊숙이 시내 감돌고
가을 물결 저녁에 더욱 맑다.

　강세황은 한국 조선후기의 시인이고 화가였다. 소나무가 가지
를 구불구불하게 뻗어 위태로운 곳에 가까스로 서 있어야 높이
평가했다. 소나무 아래에는 바위가 버티고 있고, 그 아래에는
보일듯 말듯 시냇물이 흘러 풍경이 잘 어울린 모습을 그렸다. 소
나무와 그 주위 풍광에서 사람이 사는 자세를 되돌아보게 한다.

테니슨Alfred Tennyson, 〈참나무The Oak〉

Live thy Life,
Young and old,
Like yon oak,
Bright in spring,
Living gold;

Summer－rich
Then; and then
Autumn－changed
Soberer－hued

Gold again.

All his leaves
Fall'n at length,
Look, he stands,
Trunk and bough
Naked strength.

너는 살아라,
젊어서나 늙어서나
저기 있는 참나무처럼.
봄에는 빛이 나
금빛으로 산다.

여름에는 풍요하고,
그리고 그 뒤에는
가을에는 변해서
순수한 색조의
금빛이 다시 된다.

모든 잎이
줄 지어 떨어지면,
서 있는 모습을 보아라,
둥치나 가지가
벌거벗고 곧은 자세이다.

　테니슨은 영국 근대시인이다. 참나무가 봄부터 겨울까지 어
떤 모습을 하고 있는지 살피면서 당당함을 찬양했다. "너는 살
아라"라는 말을 앞세우고 참나무처럼 사는 것이 마땅하다고
했다. 초목이 사람과 다르지 않다고 하면서, 살아가는 자세를
본받으려고 한 것이 위에서 든 여러 시와 다르지 않다.

밀러Wilhelm Müller, 〈보리수Der Lindenbaum〉

Am Brunnen vor dem Tore
Da steht ein Lindenbaum;
Ich träumt in seinem Schatten
So manchen süßen Traum.

Ich schnitt in seine Rinde
So manches liebe Wort;
Es zog in Freud' und Leide
Zu ihm mich immer fort.

Ich mußt' auch heute wandern
Vorbei in tiefer Nacht,
Da hab' ich noch im Dunkel
Die Augen zugemacht.

Und seine Zweige rauschten,
Als riefen sie mir zu:
Komm her zu mir, Geselle,
Hier find'st du deine Ruh'!

Die kalten Winde bliesen
Mir grad ins Angesicht;
Der Hut flog mir vom Kopfe,
Ich wendete mich nicht.

Nun bin ich manche Stunde
Entfernt von jenem Ort,
Und immer hör' ich's rauschen:
Du fändest Ruhe dort!

성문 앞 우물가에
서 있는 보리수,

나는 그 그늘 아래서
수많은 단꿈을 꾸었네.

보리수 껍질에다
수많은 사랑의 말 새겼네.
기쁠 때나 슬플 때나
나는 그리로 이끌렸네.

나는 오늘도 방랑하네,
그 옆으로 깊은 밤에.
나는 어둠 속에서도
두 눈을 감았네.

나뭇가지들 살랑거리면서
나를 부르는 것 같네.
이리 오게나, 친구야
너 여기서 쉬어라.

차가운 바람이 불어와
얼굴을 세차게 때리네.
머리에서 모자를 날려도
나는 돌아보지 않았네.

나는 지금 오랜 시간
그곳에서 멀어져 있어도,
계속 소리가 들려온다.
너 여기서 쉬어라.

뮐러는 독일 낭만주의 시인이다. 〈겨울 나그네〉 연작 24수를 지었다. 이 작품 〈보리수〉는 다섯째 작품이다. 슈베르트가 작곡한 전곡 가운데 이것이 가장 많이 애창된다.

〈보리수〉는 겨울 나그네가 휴식을 얻을 방도가 있다고 한 것이 앞뒤의 다른 작품과 상이하다. 제3·5연에서 겨울 나그네의 모습을 전후의 다른 노래와 같이 그린 것이 현재의 상황이다. 제1·2연에서는 보리수와 교감하면서 단꿈을 꾸고, 사랑의 말을 새긴 것을 회상했다. 제4·6연에서는 보리수가 와서 쉬라고 하는 말을 듣는다고 했다.

여기서 보리수는 자연을 대표하는 의미를 지니기도 한다. 겨울 나그네는 사람이 살아가는 고난을 집약해서 나타낸다. 삶의 고난에서 벗어나 휴식을 얻고 행복을 누리려면 자연과 교감을 하는 것이 마땅하다고 했다.

비비앙Renée Vivien, 〈나무들Les Arbres〉

Dans l'azur de l'avril, dans le gris de l'automne,
Les arbres ont un charme inquiet et mouvant.
Le peuplier se ploie et se tord sous le vent,
Pareil aux corps de femme où le désir frissonne.

Sa grâce a des langueurs de chair qui s'abandonne,
Son feuillage murmure et frémit en rêvant,
Et s'incline, amoureux des roses du Levant.
Le tremble porte au front une pâle couronne.

Vêtu de clair de lune et de reflets d'argent,
S'effile le bouleau dont l'ivoire changeant
Projette des pâleurs aux ombres incertaines.

Les tilleuls ont l'odeur des âpres cheveux bruns,
Et des acacias aux verdures lointaines
Tombe divinement la neige des parfums.

사월의 새벽에서든, 가을의 으스름에서든지,
나무들은 불안하고 유동적인 매력을 지닌다.
미루나무들은 바람 아래 휘어지고 꼬인다,
욕망으로 잔잔하게 떨리는 여성의 육체처럼.

은혜를 받고 나른한 몸을 맡기는 것같이,
나뭇잎이 웅얼거리고 꿈꾸면서 떤다.
동쪽에 있는 장미를 사랑해 몸을 기울인다.
사시나무는 이마에 창백한 꽃잎을 얹었다.

달빛과 그 은빛 반사광을 옷으로 입고,
뾰족한 모습을 하고 나타난 자작나무는
상아빛을 흔들어 창백한 그림자를 만든다.

보리수들에는 산발한 갈색 머리의 냄새가 난다.
멀리서 푸른빛을 띠고 있는 아카시아들은
향기로운 눈발이 성스럽게 내려오게 한다.

　영국 근대 여성시인 비비앙은 프랑스어로 창작했다. 이 시에
서 여러 나무의 모습을 보고 정답게 여기면서 묘사했다. 나무
는 복수인 것도 있고 단수인 것도 있어 번역에서도 구별했다.
나무와 사람이 다르지 않다고 하면서 근접시키고, 미루나무들
은 사랑에 빠진 여성의 신체 같다고 했다.

조동범, 〈가로수〉

뿌리를 뻗어 어둠을 더듬고 있는 가로수
가로수는 돌아갈 수 없는
원시의 군락을 떠올리고 있다

묵묵히 모래폭풍을 견디며
우기의 순간을 기다리고 있다
나이테 깊숙이
원시의 군락이 웅성거리는 가로수
가로수의 뿌리가
어둠속의 서늘함을 부여잡는다
등을 비벼 제 영역을 표시하던 짐승들은
어디로 사라진 것일까
둥지로 돌아가는 새떼처럼
저녁이 펼쳐진다
야성을 잃어버린 가로수 이파리가
상류로 튀어오르는 연어떼처럼
파닥거린다
이파리는 원시의 군락을 잊었지만
나무의 뿌리는 어둠을 움켜쥐고
원시의 서늘한 그늘을 떠올리고 있다
가로수, 앙상한 가지 몇을 펼쳐 바람을 담는다
도로 위에 서서
힘겹게 버티고 있는 가로수
마지막 남은
뿌리의 힘을 다해
어둠속의 본능을 떠올린다
싱싱한 원시의 흔적을
더듬는다

조동범은 한국 현대시인이다. "도로 위에 서서 힘겹게 버티고 있는 가로수"가 원시의 생명을 그리워한다고 했다. 인위적인 제약 때문에 찌들어지지 않고 싱싱한 삶을 자유롭게 누리고자 하는 소망을 가로수를 통해 나타냈다.

신경림, 〈나무를 위하여〉

어둠이 오는 것이 왜 두렵지 않으랴
불어 닥치는 비바람이 왜 무섭지 않으랴
잎들 더러 썩고 떨어지는 어둠 속에서
가지들 휘고 꺾이는 비바람 속에서
보인다 꼭 잡은 너희들 작은 손들이
손을 타고 흐르는 숨죽인 흐느낌이
어둠과 비바람까지도 삭여서
더 단단히 뿌리와 몸통을 키운다면
너희 왜 모르랴 밝는 날 어깨와 가슴에
더 많은 꽃과 열매를 달게 되리라는 걸
산바람 바닷바람보다도 짓궂은 이웃들의
비웃음과 발길질이 더 아프고 서러워
산비알과 바위너설에서 목 움츠린 나무들아
다시 고개 들고 절로 터져 나올 잎과 꽃으로
숲과 들판에 떼지어 설 나무들아

신경림은 한국 현대시인이다. 특정의 나무가 아닌 여러 나무를 한꺼번에 살피면서 시련을 견디고 희망을 가지고 살아가는 자세를 그렸다. 초목이 사람과 다르지 않아 본받을 것이 있다고 하는 발상을 이어 더 많은 말을 했다.

장옥관, 〈살구나무 꿈을 꾸다〉

꿈자리가 환한 날이 있다
겨드랑이 안이 불켠 듯 환한 날이 있다
왜 그런가, 졸음 쫓아내고 살펴보면
4층 아파트 아래

어저께까지 없던 살구나무

한 채 연분홍 솜이불을 펼치고 서있다

지난 해 돌아가신 임영조 선생은

어느 해인가 사막여행 승합버스 옆자리에 앉아

꽃 핀 살구나무는

꽃상여 타고 오신 어머니라고

선심 쓰듯 귀 어둔 비밀을 속삭여 주셨는데

살구나무 꽃 핀 오늘 이 아침

시인이 어머니 모시고

잇몸 환하게 찾아온 게 아닐까

말해놓고 보니 정말 저 살구나무

아랫목에 햇솜이불 펴놓은 저 살구나무는

서른 해도 더 된 우리 어머니

차마 이르고 싶던 말씀이 뭉치고 뭉쳐

분홍 솜덩이로 매달린 게 아닐까 싶기도 한데

그 뭉친 말씀 불켜 밤새도록 새도록

내 꿈자리를 밝힌 것은 아닐런지

그 말씀 활짝 꽃 피워 피워

축축한 내 베개자리를 말려주었던 건 아닐런지

　장옥관은 한국 현대시인이다. 이 시에서는 살구꽃을 보고 떠오르는 상념을 이어나갔다. 처음에는 아파트 아래에 있는 살구나무에 꽃이 핀 것을 발견했다. 중간에는 전에 만난 어느 시인이 "꽃 핀 살구나무는 꽃상여 타고 오신 어머니"라고 했던 기억을 되살렸다. 나중에는 세상을 떠난 지 "서른 해도 더 된 우리 어머니"가 전해줄 말이 있어 꿈속에서 살구꽃을 피웠다고 생각했다. 꽃나무가 현실과 상상, 과거와 현재를 연결시켜주는 매개체인 것이 특이하다.

제3장
계절의 순환

김득연(金得研), 〈봄에는 꽃이 피고…〉

봄에는 꽃이 피고 여름에는 녹음이 난다.
금수 추산에 밝은 달이 더욱 좋다.
하물며 백설창송이야 일러 무삼 하리오.

　김득연은 한국 조선시대 시조시인이다. 시간의 흐름에 대해
이렇게 말했다. 계절의 진행은 당연하다고 여기고 늦추거나
되돌리려고 하지 않았다. 시간의 흐름을 그 자체로 관찰하고
즐거워하기만 하고, 그 이상의 의미를 찾지 않고, 인생과 관련
시키지 않았다.
　시간이 간다고 서러워하지 말고, 오는 시간을 반갑게 맞이하
면 된다고 했다. 봄, 여름, 가을, 겨울, 네 계절이 닥쳐오는 것
이 모두 좋다고 했다. "봄에는 꽃이 피고 여름에는 녹음이 난
다"고만 하고, 가을에는 "錦繡 秋山"에 달이 밝다고 해서 말을
더 많이 했다. "白雪蒼松이야 일러 무삼 하리오"라고 해서 겨
울이 가장 좋은 계절이라고 했다.

좌Claude Roy. 〈이어지는 이야기Une histoire à suivre〉

Après tout ce blanc vient le vert,
Le printemps vient après l'hiver.
Après le grand froid le soleil,
Après la neige vient le nid,
Après le noir vient le réveil,
L'histoire n'est jamais finie.
Après tout ce blanc vient le vert,
Le printemps vient après l'hiver,
Et après la pluie le beau temps.

이 심한 백색 다음에는 녹색이 온다.
겨울 다음에는 봄이 온다.
큰 추위 다음에는 태양이 온다.
눈 다음에는 둥지가 온다.
흑색 다음에는 각성이 온다.
이야기가 중단되지 않는다.
이 심한 백색 다음에는 녹색이 온다.
겨울 다음에는 봄이 온다.
비 다음에는 좋은 날씨가 온다.

라는 프랑스 현대시인이다. 계절의 변화가 중단 없이 이어지는 이야기라고 하면서, 겨울 다음에는 봄이 온다고, 백색 다음에는 녹색이 온다고 되풀이해 말했다. 절망하지 말고 희망을 가지자는 말이다.

시메옹Jean-Pierre Siméon, 〈계절Saisons〉

Si je dis
Les corbeaux font la ronde
Au dessus du silence
Tu me dis c'est l'hiver.

Si je dis
Les rivières se font blanches
En descendant chez nous
Tu me dis le printemps.

Si je dis
Les arbres ont poussé
Leurs millions de soleils
Tu me dis c'est l'été.

Si je dis
Les fontaines sont rousses
Et les chemins profonds
Tu me diras l'automne.

Mais si je dis
Le bonheur est à tous
Et tous sont heureux
Quelle saison diras-tu
Quelle saison des hommes ?

내가 너에게
까마귀들이 침묵 위에서
원을 그린다고 하면,
너는 내게 겨울이라고 말하리라.

내가 너에게
강이 우리 쪽으로 내려오면서
백색을 띤다고 하면,
너는 내게 봄이라고 말하리라.

내가 너에게
나무들이 몇 백만의 태양을
뻗고 있다고 하면,
너는 내게 여름이라고 말하리라.

내가 너에게
샘은 다갈색으로 변하고
길이 깊어진다고 하면,
너는 내게 가을이라고 말하리라.

그러나 내가 너에게

행복이 누구에게든지 이르러
모두 행복하다고 하면,
너는 어느 계절이라고 말하겠나,
인생의 어느 계절이라고?

　시메옹은 프랑스 현대시인이다. 계절의 변화를 "너"라고 한
사람과 함께 다정스럽게 확인하니 행복하다. 행복에 대한 소
망이 더 커져서 누구나 행복을 누리는 계절은 어느 계절인지,
인생의 어느 시기인지 물었다.

낸Lin Nane, 〈마음속의 계절Season of the Heart〉

Snow has vanished, ice thawed.
It's the season birds begin to sing.
Something inside of me is flawed
I feel cold in the budding of Spring.

Hot Summer days stretch into night,
the only time I allow myself to cry.
Nothing in my world feels right.
I still feel the chill of our goodbye.

Autumn leaves turn red and gold.
It's the season in which we wed.
We once vowed to have and hold,
but I sleep alone in this empty bed.

Loneliness is etched in Winter's frost.
My insides are cold, frigid, and bare.
It's the time of year hope seems lost.
My heart is frozen far beyond repair.

Glacial mountains have arisen.
I am helpless to scale their height.
No escape from within a prism
Whose colors are no longer bright.

If I could give name to a fifth season,
in which love could have a new start,
forgiveness would be the best reason
for selecting it the season of the heart.

눈이 없어지고, 얼음은 녹았다.
새들이 노래하기 시작하는 계절이다.
내 마음 속에는 무언가 결핍되어,
싹 트는 봄에 추위를 느낀다.

더운 여름날이 밤까지 뻗치는 때에
나는 내게 울어도 된다고 허락한다.
내 삶에 올바른 것이라고는 없고,
나는 아직 우리 작별의 한기를 느낀다.

가을 잎이 적색과 금색으로 변하는
이 계절에 우리는 결혼을 하고,
둘이 함께 손잡고 있자고 맹세했다.
그런데 나는 빈 침대에서 혼자 잔다.

겨울에 서리가 내리면 더욱 외롭다.
내 속은 차갑고, 냉랭하고, 벌거벗었다.
이 계절에는 희망이 사라지는 듯하다.
내 가슴은 냉동되어 회복 불가능하다.

얼어붙은 여러 산이 벌떡 일어났다.

그 모습이 너무 우람해 어쩔 줄 모른다.
무지개 색깔에서 벗어날 길이 없고,
색깔이 계속 밝지 못하고 흐려진다.

다섯 번째 계절을 이름 지을 수 있다면,
사랑이 새로운 출발을 할 수 있다면.
용서하는 것이 가장 큰 이유가 되어,
마음의 계절을 선택할 수 있을 것인가.

  낸은 미국 현대 여성시인이다. 이 시에서 계절의 변화를 차
례대로 묘사하면서 자기 심정을 토로했다. 앞의 시와는 달리
계절의 변화를 홀로 외롭게 말하면서, 이별당한 슬픔을 말했
다. 봄, 여름, 가을, 겨울을 다 말하고, 제5연에서는 극도에 이
른 겨울, 극지의 빙하 같은 데 감금된 느낌을 가졌다고 했다.
절망이 극도에 이르면 희망으로 전환되어 사랑이 다시 시작될
수 있는가 하고 제6연에서 말했다.

박유동, 〈춘하추동〉

비구름이 낮게 드리우고
천둥번개도 몇 번 울었고
보슬비 장대비
대지를 스치며 핥으며
산골짝의 잔설도 밀어내었으니
양지쪽엔 파릇파릇 새싹이 움트고
개구리도 잠에서 깨나 만세 부르고
세상은 완연 꽃피는 새봄이었는데

밤새 폭설이 웬 말이냐

북으로 쫓겨갔던 백설 공주
다시 이 땅을 점령하였네
산천초목 어디에고 온통 새하얗네
전번 진눈깨비가 마지막인줄 알았더니
벌써 몇 번이고 밀려가고 또 올라왔네
꽃을 송이채로 떨어뜨리네
개울가에 개구리도 달아나 버렸네

TV에서 서울도 하얗게 덮었으니
나는 왠지 전쟁 때 일이 떠오르네
아침에는 태극기 꽂고 저녁이면 인공기 달고
남북이 밀고 당기던 그 참담한 세월이...
아 춘하추동 아름다운 이 나라 사계절
백설공주야 심술을 부린들 어떠랴만
그때 그 악몽 같은 전쟁은
다시는 이 땅에 오지 못하게 해 다오.

　박유동은 한국 현대시인이다. 이 시에서 계절의 변화를 전쟁의 두려움과 연결시켜 다루었다. 계절의 변화를 노래하는 시에서 겨울 다음에는 봄이 온다고 하는 것이 예사인데, 여기서는 봄을 말하고 겨울로 건너뛰었다. 제1연에서 "꽃피는 새봄"을 찬양하다가, 여름과 가을은 생략하고 제2연에서는 "밤새 폭설이" 내려 겨울이 온 것을 근심했다. 폭설을 보고 전쟁을 생각해 제3연에서는 "춘하추동" "사계절"이 아름다운 이 나라에 다시 전쟁이 일어나지 않게 해달라고 했다.

제4장
봄의 노래

맹호연(孟浩然), 〈봄 새벽(春曉)〉

春眠不覺曉
處處聞啼鳥
夜來風雨聲
花落知多少

봄잠 새벽을 깨닫지 못하는데,
곳곳에서 새 우는 소리 들린다.
밤 내내 비바람 소리였으니
꽃이 얼마나 떨어졌는가.

맹호연은 중국 당나라 시인이다. 봄날 새벽을 맞이하는 느낌을 이 시에서 나타냈다. 봄잠이 노곤해서 새벽이 된 것을 깨닫지 못하다가 곳곳에서 새 우는 소리가 들린다고 했다. "곳곳"을 뜻하는 원문 "處處"는 "처처"라는 발음으로 새 소리를 나타낸다. 밤 내내 비바람 소리가 들리던 것을 생각해 내고, 꽃이 얼마나 떨어졌는지 알 수 없다고 했다. 산뜻한 느낌을 주는 짧은 시이다.

남구만(南九萬), 〈동창이 밝았느냐...〉

동창이 밝았느냐, 노고지리 우지진다.
소치는 아이놈은 상기 아니 일었느냐.
재 너머 사래 긴 밭을 언제 갈려 하느냐.

남구만은 한국 조선시대에 영의정의 지위에까지 오른 이름난 문신인데, 이 시조에서 봄날 새벽의 신선한 느낌을 위에서 든 맹호연, 〈봄 새벽〉과 흡사하게 나타냈다. 제1행에서 "동창이 밝았느냐"라고 하면서 잠을 깨서 동창을 바라보았다. "노고지리 우지진다"는 맹호연이 "곳곳에서 새 우는 소리 들린다"고

한 것과 같다. 두 시에서 모두 봄날 새벽은 새 소리가 함께 시작된다고 했다.

  그런데 여기서는 비바람이 쳐서 꽃이 떨어지지 않았는가 하고 염려하지 않고, 제2행에서 소치는 아이가 일을 시작해야 한다고, 제3행에서는 밭을 갈아야 한다고 생각했다. 서술자는 아직 자리에서 일어나지 않았어도 "동창"에서 "재 너머 사래 긴 밭"까지 의식이 확대되는 과정을 한 단계씩 아주 생동하게 보여주었다. 자고 있는 사람을 깨워 생기를 얻어 일하게 한다고, 한 해의 시작인 봄, 하루의 시작인 새벽을 예찬했다.

방빌Théodore de Banville, 〈**봄**Le printemps〉

Te voilà, rire du Printemps !
Les thyrses des lilas fleurissent.
Les amantes qui te chérissent
Délivrent leurs cheveux flottants.

Sous les rayons d'or éclatants
Les anciens lierres se flétrissent.
Te voilà, rire du Printemps !
Les thyrses de lilas fleurissent.

Couchons-nous au bord des étangs,
Que nos maux amers se guérissent !
Mille espoirs fabuleux nourrissent
Nos coeurs gonflés et palpitants.
Te voilà, rire du Printemps !

너 보아라, 봄의 미소!
라일락 꽃송이 피었네.
너를 사랑하는 연인들은

머리카락을 풀어 흩날린다.

금빛으로 반짝이는 광선 아래
오래 된 송악은 시들었지만,
너 보아라, 봄의 미소!
라일락 꽃송이 피었네.

못가에 몸을 눕히고,
괴로운 악행을 치유하자!
동화 같은 희망 천 가지가 생겨나
우리 가슴이 부풀어 뛴다.
너 보아라, 봄의 미소!

  방빌은 프랑스 근대시인이다. 이 시에서 봄이 온 즐거움을
선명하게 그려냈다. 제1연에서 "머리카락을 풀어 흩날린다"고
한 것이 깊은 인상을 남기는 환희의 표현이다. 제2연에서는 봄
이 온 것은 신구의 교체라고 했다. 제3행에서는 "괴로운 악행"
때문에 고민하다가 시들지 말고, 못 가에 누워 봄빛을 받으면
동화 같은 희망으로 "가슴이 부풀어 뛴다"고 했다.

테니슨Alfred Tennyson, 〈봄Spring〉

Birds' love and birds' song
Flying here and there,
Birds' song and birds' love
And you with gold for hair!

Birds' song and birds' love
Passing with the weather,
Men's song and men's love,

To love once and forever.

Men's love and birds' love,
And women's love and men's!
And you my wren with a crown of gold,
You my queen of the wrens!

You the queen of the wrens ...
We'll be birds of a feather,
I'll be King of the Queen of the wrens,
And all in a nest together.

새들의 사랑, 새들의 노래.
여기 저기 날아다닌다.
새들의 사랑, 새들의 노래.
머리털이 금빛이구나!

새들의 사랑, 새들의 노래.
날씨에 맞게 지나가다.
사람들의 노래, 사람들의 사랑.
한 번 사랑하면 영원히.

사람들의 사랑과 새들의 사랑.
여자들의 사랑, 남자들의 사랑.
너 금빛 왕관을 쓴 굴뚝새.
너 굴뚝새들 가운데 나의 여왕.

너 굴뚝새들 가운데 여왕.
우리는 깃털을 가진 새가 되리라.
나는 굴뚝새들 여왕의 왕,
한 둥지에 함께 들어가리라.

테니슨은 영국 근대시인이다. 짧고 반복이 많은 시에서 봄의
생기를 한껏 나타냈다. 봄은 새들이 노래하고 사랑하는 계절
이라고 하고, 사람도 새들처럼 사랑을 한다고 했다.

위고Victor Hugo, 〈봄Printemps〉

Voici donc les longs jours, lumière, amour, délire !
Voici le printemps ! mars, avril au doux sourire,
Mai fleuri, juin brûlant, tous les beaux mois amis !
Les peupliers, au bord des fleuves endormis,
Se courbent mollement comme de grandes palmes ;
L'oiseau palpite au fond des bois tièdes et calmes ;
Il semble que tout rit, et que les arbres verts
Sont joyeux d'être ensemble et se disent des vers.
Le jour naît couronné d'une aube fraîche et tendre ;
Le soir est plein d'amour ; la nuit, on croit entendre,
A travers l'ombre immense et sous le ciel béni,
Quelque chose d'heureux chanter dans l'infini.

이제 날이 길어지고, 빛나고, 사랑스럽고, 열광한다!
이제 봄이다! 삼월과 사월이 부드러운 미소를 짓는다.
꽃피는 오월, 불타는 유월, 다달이 아름다운 벗들이여!
잠자고 있는 강가에 늘어선 미루나무들이
거대한 종려나무라도 된 듯이 부드럽게 구부러졌다.
새는 숲속에서 부드럽고 조용하게 재잘거린다.
모두 웃는 것 같고, 푸른색을 띤 나무들은
함께 있어 즐거우며 시를 짓는다고 한다.
신선하고 부드러운 새벽을 앞세우고 날이 밝으며,
저녁에는 사랑이 가득하고, 밤에는 노래가 들린다.
아주 넓은 그늘을 지나 축복받은 하늘 아래서
행복한 무엇이 부르는 무한한 노래 소리가.

위고는 프랑스 낭만주의 시인이다. 감격과 영탄을 장기로 삼았다. 이 시에서 봄의 아름다움을 두고 감탄하고 예찬하기만 하고 다른 뜻은 없다. 봄에 아낌없는 찬사를 바쳤다. 봄을 이루는 달은 다 아름답다고 했다. 나무와 새를 들어 봄의 모습을 묘사했다. 봄의 하루는 새벽, 저녁, 밤이 모두 즐거움으로 가득 차 있다고 했다.

블래이크 William Blake, 〈봄에게 To Spring〉

O thou with dewy locks, who lookest down
Thro' the clear windows of the morning, turn
Thine angel eyes upon our western isle,
Which in full choir hails thy approach, O Spring!

The hills tell each other, and the listening
Valleys hear; all our longing eyes are turned
Up to thy bright pavilions: issue forth,
And let thy holy feet visit our clime.

Come o'er the eastern hills, and let our winds
Kiss thy perfumed garments; let us taste
Thy morn and evening breath; scatter thy pearls
Upon our love—sick land that mourns for thee.

O deck her forth with thy fair fingers; pour
Thy soft kisses on her bosom; and put
Thy golden crown upon her languished head,
Whose modest tresses were bound up for thee.

오 그대 이슬을 감금해놓은 분이시여,
선명한 아침 창문으로 아래를 내려다보고,
천사 같은 시선을 우리 서쪽 섬으로 돌리소서.

합창 소리 가득 그대를 환영하리니, 오 봄이여!

여러 언덕이 서로 말을 주고받습니다.
골짜기들은 귀를 기울이면서 듣습니다.
그대를 기다리며 우리는 높은 하늘을 바라봅니다.
그대의 신성한 발로 우리나라를 찾아주세요.

동쪽 언덕으로 건너와주세요. 우리 바람이
그대의 향기로운 옷에 입 맞추게 하소서.
그대의 아침저녁 숨결을 맛보게 하소서.
그대의 보물을 갈망하는 대지에 흘어주소서.

그대의 고결한 손가락으로 대지를 장식하소서.
그대의 부드러운 입맞춤을 대지의 가슴에 쏟으소서.
대지의 초췌한 머리에 황금의 관을 씌워주소서.
얌전한 나무들이 그대와 연결되어 있나이다.

블래이크는 낭만주의의 선구자로 평가되는 영국의 시인이
고 화가이다. 생각이 깊은 시를 남겼다. 춘하추동 네 계절에
관한 시를 모두 썼다. 봄에 관한 것을 여기 내놓는다. 제1연에
서 "이슬을 감금해놓은 사람"이라고 한 것은 봄을 의인화한 말
이다. 감금을 풀고 이슬을 내려야 봄이 온다. 여성으로 이해한
대지에 이슬을 내리는 것을 남성이 하는 생식행위라고 제4행
에서 말했다. "서쪽 섬"은 영국이다.

제2연에서 "여러 언덕이 서로 말을 주고받습니다", "골짜기
들은 귀를 기울이면서 듣습니다"라고 한 것은 봄이 오는 소식
이다. 제2-3행에서는 봄이 와서 대지에 생기가 도는 즐거움을
갖가지로 말하다가, 제4행에서는 봄이 대지에서 자연의 번식
이 이루어지는 것을 남녀의 성행위에다 견주었다.

하이네 Heinrich Heine, 〈놀랄 만큼 아름다운 오월에 Im wunderschönen Monat Mai〉

Im wunderschönen Monat Mai,
Als alle Knospen sprangen,
Da ist in meinem Herzen
Die Liebe aufgegangen.

Im wunderschönen Monat Mai,
Als alle Vögel sangen,
Da hab ich ihr gestanden
Mein Sehnen und Verlangen.

놀랄 만큼 아름다운 오월에
모든 꽃봉오리에 꽃이 피니,
때맞추어 내 가슴에는
사랑의 꽃이 피었네.

놀랄 만큼 아름다운 오월에
모든 새가 노래를 부르니,
때맞추어 나는 고백했네,
내 그리움과 갈망을.

　하이네는 독일 낭만주의 시인이다. 위의 두 작품 오언절구나 시조와 맞먹는 짧은 시에서 봄이 무르녹은 오월을 예찬했다. 모든 꽃이 피고, 모든 새가 우니 자기 가슴에 사랑의 꽃이 피어, 그리움과 갈망을 고백했다고 했다.

신동엽, 〈봄은〉

봄은

남해에서도 북녘에서도
오지 않는다.

너그럽고
빛나는
봄의 그 눈짓은
제주에서 두만까지
우리가 디딘
아름다운 논밭에서 움튼다.

겨울은,
바다와 대륙 밖에서
그 매운 눈보라 몰고 왔지만
이제 올
너그러운 봄은, 삼천리 마을마다
우리들 가슴 속에서
움트리라.

움터서,
강산을 덮은 그 미움의 쇠붙이들
눈 녹이듯 흐물흐물
녹여 버리겠지.

　신동엽은 한국 현대시인이다. 이 시에서 계절의 변화에 역사적인 의미를 부여했다. 겨울은 "바다와 대륙 밖에서/ 그 매운 눈보라 몰고 왔"다고 하는 민족 수난의 시기이다. 겨울을 몰아낼 봄은 "제주에서 두만까지/ 우리가 디딘/ 아름다운 논밭에서 움트다"고 하는 자연의 봄일 뿐만 아니라, "삼천리 마을마다/ 우리들 가슴 속에서/ 움트리라"고 하는 마음의 봄이다. 봄이 움터서 "강산을 덮은 그 미움의 쇠붙이들/ 눈 녹이듯 흐물흐물/ 녹여 버리겠지"라고 하는 소망을 말했다.

제5장
여름의 노래

두보(杜甫), 〈강 마을(江村)〉

淸江一曲抱村流
長夏江村事事幽
自去自來梁上燕
相親相近水中鷗
老妻畫紙爲棋局
稚子敲針作釣鉤
多病所須惟藥物
微軀此外更何求

맑은 강 한 굽이 마을을 안고 흐르고,
긴 여름 강 마을에 일마다 조용하도다.
자기대로 가고 오는 것은 들보 위의 제비요,
서로 친하고 서로 가까운 것은 물속 갈매기.
늙은 아내는 종이에다 바둑판을 그리고,
어린 아이는 바늘을 두들겨 낚시를 만드네.
병 많아 오직 구하는 것은 약물이니,
미천한 몸이 이밖에 무엇을 구하리오.

　두보는 중국 당나라 시인이다. 이 시에서 여름날의 강 마을 모습을 선명하게 그렸다. 제1·2행에서 강이 흐르는 마을이 조용하다는 총론을 말했다. 제3·4행에서는 제비와 갈매기가 한가하게 논다고 했다. 제5·6행에서는 늙은 아내와 어린 아이가 소일 삼아 하는 일을 들었다. 남자는 등장하지 않고, 생산활동도 없다. 제7·8행에서는 시인 자신이 그 마을에 머물면서 약으로 병을 다스린다고 했다.

이규보(李奎報), 〈여름날(夏日卽事)〉

輕衫小簟臥風欞

夢斷啼鶯三兩聲
密葉翳花春後在
薄雲漏日雨中明

가벼운 적삼 댓잎 자리 바람 난간 누웠다가
꿈에서 깨어났네, 꾀꼬리 소리 두어 마디에.
촘촘한 잎에 가린 꽃 봄이 지나도 남아 있고,
엷은 구름에서 새어나온 햇빛 빗속에서도 밝다.

이규보는 한국 고려시대 시인이다. 이 시에서 여름날의 모습을 그렸다. 자다가 새 소리를 듣고 깼다고 한 것은 맹호연, 〈봄 새벽〉이나 남구만, 〈동창이 밝았느냐〉와 같다. 그러나 여름날에 가벼운 옷차림으로 시원한 곳에서 낮잠을 자다가 깼다. 새는 꾀꼬리이다. 몸치장을 화려하게 하고 명랑한 소리를 내는 새가 여름날과 어울린다. 밖을 내다보니 촘촘한 잎에 봄 지난 꽃이 가려 있고, 비가 오는데 햇빛이 밝다고 했다.

이휘일(李徽逸), 〈여름날 더운 적에...〉

여름날 더운 적에 단 땅이 불이로다.
밭고랑 매자 하니 땀 흘러 땅에 듣네.
어사와 입립신고 어느 분이 알으실고.

이휘일은 한국 조선시대 유학자이다. 더위가 절정에 이른 여름날 힘들여 농사를 짓는 이들이 있어 밥을 먹는다는 것을 알아야 한다고 했다. "입립신고"(粒粒辛苦)는 "쌀 한 알, 한 알이 고생이다"는 말이다.

스티븐슨Robert Louis Stevenson, 〈여름 태양Summer Sun〉

Great is the sun, and wide he goes
Through empty heaven with repose;
And in the blue and glowing days
More thick than rain he showers his rays.

Though closer still the blinds we pull
To keep the shady parlour cool,
Yet he will find a chink or two
To slip his golden fingers through.

The dusty attic spider—clad
He, through the keyhole, maketh glad;
And through the broken edge of tiles
Into the laddered hay—loft smiles.

Meantime his golden face around
He bares to all the garden ground,
And sheds a warm and glittering look
Among the ivy's inmost nook.

Above the hills, along the blue,
Round the bright air with footing true,
To please the child, to paint the rose,
The gardener of the World, he goes.

위대하다 태양은, 멀리까지 간다.
빈 하늘을 편안하게 가로질러.
그리고 푸르고 번쩍이는 나날
비보다 더 짙은 빛을 퍼붓는다.

가까이 오면, 우리는 차광막을 당겨
그늘진 거실을 서늘하게 하려고 하지만,
태양은 한두 군데 틈이라도 발견하면
그곳으로 황금빛 손가락을 들이민다.

먼지 쌓인 다락 안쪽의 거미집까지
열쇠 구멍으로라도 들어와 기쁘게 한다.
타일 끝머리 부서진 곳으로 들어와
사다리 위 건초 다락이 미소 짓게 한다.

그러는 동안 태양은 금빛 얼굴을 돌리며
모든 정원이나 운동장에 모습을 드러낸다.
따뜻하고 빛나는 시선으로 바라본다,
담쟁이덩굴의 가장 깊은 구석까지도.

언덕 위 저쪽으로, 푸른빛을 따르면서,
밝은 공기를 진실한 발걸음으로 돌면서,
아이들이 즐겁게, 장미에 색칠을 하려고
온 세상의 정원사 태양이 길을 간다.

　스티븐슨은 영국의 근대작가이며 시인이다. 이 시에서 여름
날의 태양을 찬양했다. 양, 밝음의 극치인 태양은 그늘진 곳의
음, 어둠을 그대로 두지 않고 틈만 있으면 빛을 쏟는다고 했
다. 열정적인 영탄은 하지 않고 햇빛이 비치는 모습을 묘사했
다. 태양에 상징적인 의미는 부여하지 않고, "온 세상의 정원
사"가 맡은 바라고 말했다.

사맹 Albert Samain, 〈**여름의 노래** Chanson d'été〉

Le soleil brûlant

Les fleurs qu'en allant
Tu cueilles,
Viens fuir son ardeur
Sous la profondeur
Des feuilles.

Cherchons les sentiers
A demi frayés
Où flotte,
Comme dans la mer,
Un demi—jour vert
De grotte.

Des halliers touffus
Un soupir confus
S'éléve
Si doux qu'on dirait
Que c'est la forêt
Qui rêve...

Chante doucement ;
Dans mon coeur d'amant
J'adore
Entendre ta voix
Au calme du bois
Sonore.

L'oiseau, d'un élan,
Courbe, en s'envolant,
La branche
Sous l'ombrage obscur
La source au flot pur
S'épanche.

Viens t'asseoir au bord
Où les boutons d'or
Foisonnent···
Le vent sur les eaux
Heurte les roseaux
Qui sonnent.

Et demeure ainsi
Toute au doux souci
De plaire,
Une rose aux dents,
Et ton pied nu dans
L'eau claire.

태양이 타오른다.
너는 길을 가면서
꽃을 꺾는구나.
찌는 듯한 열기를 피해
잎이 무성한 곳으로
오너라.

반쯤 트인
오솔길을 찾자.
바다에서처럼,
반나절의 초록빛이
동굴 모양으로
떠도는 곳을.

울창한 나무들에서
흐릿한 숨결이
올라오는 것이
너무나도 부드러워

숲이 꿈을 꾼다고
말할 수 있다.

부드럽게 노래하라,
사랑하는 내 마음 속에다.
나는 찬미하면서,
너의 목소리를
조용하게 울리는
삼림에서 듣는다.

새는 한 번 날아
몸을 낮추더니 멀리 갔다.
나뭇가지는
어두운 그늘 아래에서
순수한 물결의 원천으로
넘쳐난다.

와서 앉아보아라.
황금색 싹이
무성한 곳에...
물 위로 바람이 불면서
갈래를 스쳐
소리가 나게 한다.

그리고는 머물러 있어라,
감미로운 호감을 주는
금잔화,
가시 돋은 장미꽃 곁에,
맨발을
맑은 물에 담그고.

사맹은 프랑스 근대시인이다. 이 시에서 여름의 아름다운 모습을 인상파 그림 같은 수법으로 그렸다. 사물의 윤곽을 흐리게 그려 좋은 효과를 내는 것과 같은 작업을 시에서 했다. 시각적 상상력을 동원해 이해해야 한다.

신경림, 〈여름날〉

버스에 앉아 잠시 조는 사이
소나기 한줄기 지났나 보다
차가 갑자기 분 물이 무서워
머뭇거리는 동구 앞
허연 허벅지를 내놓은 젊은 아낙
철벙대며 물을 건너고
산뜻하게 머리를 감은 버드나무가
비릿한 살 냄새를 풍기고 있다

신경림은 한국 현대시인이다. 이 시에서 어느 여름날의 모습을 선명하게 그린 것이 두보의 〈강 마을〉과 같다. 그러면서 자기가 머물러 있으면서 살핀 것이 아니고, 지나가다가 우연히 목격한 장면을 하나 제시했다. 자연과 사람이 잘 어울려 산뜻한 느낌을 주는 정경이다. "산뜻하게 머리를 감은 버드나무가 비릿한 살 냄새를 풍기고 있다"는 마지막 대목에 이르면 자연과 사람이 일체가 되었다.

조동일, 〈산사(山寺)의 한낮〉

아무런 추억도 불러일으킬 수 없습니다.

다만 모두들 저마다의 모습마저 잃고 목이 말라야 한다

는 이 시간의 풍속이 있을 따름입니다.

한나절 싱그러운 분수를 뿜어 올리던 파초도 이제 한 고
비 시무룩해져서 기왓골에다 목을 걸고 무얼 애타게 기
다리는 자세를 하고 있습니다.

나의 넋인들...
한번쯤은 눈부신 공상의 날개를 달고 하늘을 가로질러보
았습니다만, 머흘머흘 피어오르는 구름에 그만 숨이 막
혀 작열하는 산등성이로 미끄러져 내렸습니다.

문득 떠오르는 것은 우리네 등골 마디마디 갈갈이 찢어
진 생명을 마구 불사르고 있는 매미들뿐입니다.

명부전(冥府殿) 그 무서운 대왕(大王)들의 눈언저리에도
졸음이 깃들고, 어디 한 가닥 미풍도 없는 여름날 한낮
입니다.

　이것은 저자의 작품이다. 자작시를 내놓는 것이 합당한가에
관해 시비가 있을 수 있으나, 여름날의 모습을 그린 또 하나의
예증으로 삼을 만하다고 생각한다. 산사를 찾아가도 한낮의
지독한 무더위는 피할 수 없다는 말로 여름이 어떤 계절인지
말했다.
　지독한 무더위는 거역할 수 없는 폭군이다. 마구 뻗어나려고
하는 생명의 약동을 무자비하게 짓밟는다. 숨 막히는 억압에
서 벗어나 생각을 펼칠 자유도 주지 않는다. 자학의 절정으로
치닫는 것 같은 매미 소리를 제외하고는 모든 것이 적막할 만
큼 고요하게 한다. 명부전의 그 무서운 대왕들도 더위를 이겨
내지 못하고 눈언저리의 졸음으로 투항의 신호를 보내니 더 기
대할 것이 없다.
　이런 광경을 능숙한 필치로 그려 보여 강한 인상을 주었다.

길게 이어지는 시행을 빠른 속도로 읽다가 문득 멈추고 앞뒤를
돌아보게 했다. 위험을 있는 그대로 전하면서 폭군을 공손한
자세로 받으려고 존칭을 사용했다.

마하파트라Jayanta Mahapatra, 〈**여름**Summer〉

Over the soughing of the sombre wind
priests chant louder than ever;
the mouth of India opens.

Crocodiles move into deeper waters.

Mornings of heated middens
smoke under the sun.

The good wife
lies in my bed
through the long afternoon;
dreaming still, unexhausted
by the deep roar of funeral pyres.

어두운 바람이 윙윙거리는 것을 무릅쓰고,
사제자는 더 큰 소리로 노래한다.
인도의 입이 열린다.

악어들은 더 깊은 물속으로 들어간다.

과열한 두엄이 아침마다
태양 아래에서 김을 낸다.

훌륭한 아내는

내 침대에 누워 있다.
긴 오후 동안 내내,
아직도 꿈을 꾸면서, 지치지도 않고,
화장용 장작이 깊숙이 으르렁거리니.

　마하파트라는 인도 현대시인이다. 물리학 교수를 하면서 영어로 시를 써서 높은 평가를 얻고 있다. 간결한 표현으로 단순한 시상을 나타낸 작품이 생각을 깊게 하도록 한다.이 시는 인도에서 흔히 볼 수 있는 여름 풍경을 묘사한 것 같다. 말이 몇 마디 되지 않아 새겨 읽도록 한다. 앞뒤를 견주어보면서 많이 생각해야 숨은 뜻을 알아낼 수 있다.

　제1연에는 "사제자", 제4연에서는 "아내"를 들어 양쪽 다 사람에 관해 말한다. 그 사이에 든 제2연에서는 "악어"를, 제3연에서는 "두엄"을 말했다. 넷의 관계를 파악해야 작품의 기본구조를 이해할 수 있다.

　제2 · 3연에 관해 먼저 고찰해보자. 시 제목이 〈여름〉이다. 여름이어서 더우니까 "악어들은 더 깊은 물속으로 들어간다." 자연의 도전인 더위에 순응하는 자세이다. 그런데 사람은 "두엄"을 만들어 "과열한 두엄이 아침마다 태양 아래에서 김을" 내게 한다. 사람은 더위를 무릅쓰고 할 일을 하는 것이 "악어"로 대표되는 동물과 다르다. 그래서 자연과 사람의 관계는 단순하지 않다.

　제1연의 "사제자"는 "어두운 바람이 윙윙거리는 것을 무릅쓰고" 큰 소리로 노래를 한다. 그래서 "인도의 입이 열린다"고 했다. 제4연의 "아내"가 "내 침대에 누워 있다"는 것은 사랑하는 관계를 말하는 듯하지만, 이어지는 말을 읽어보면 그렇지 않다. "화장용 장작이 깊숙이 으르렁거리니"라고 한 데서 누가 죽어서 장례를 지내는 것을 알 수 있다. 죽은 사람이 "나"인 줄 알아야 앞뒤가 연결된다. "내 침대에 누워 있다"는 것은 잊을 수 없어서이다. 아직도 꿈을 꾸면서 지치지도 않고, 죽은 사람을 생각한다고 했다.

"사제자"에 관한 말과 "아내"에 관한 말은 서로 무관한 것들을 열거했다고 생각하지 않는다. "사제자"가 바람 소리를 무릅쓰고 인도의 입을 열어 노래를 하고, "아내"는 죽은 사람을 잊지 못하는 것은 자연을 따르지 않고 거역하는 행위라고 할 수 있다. 그러나 거역은 나타나 있는 표면일 수 있다. 사제자의 노래는 인간과 자연의 표면적인 불일치를 넘어서서 근원적인 일치에 이르는 지혜를 말해야 인도의 입이라고 할 만하다.

사제자는 노래를 불러 무엇을 하나? "아내"를 절망에서 벗어날 수 있게 인도해야 칭송을 받을 만한 사제자가 아닌가? 이런 생각을 하게 한다.

헤세 Hermann Hesse, 〈**여름이 늙고 지쳤다**.Sommer wart alt und müd.〉

Sommer ward alt und müd,
Läßt sinken die grausamen Hände,
Blickt leer übers Land.
Es ist nun zu Ende,
Er hat seine Feuer versprüht,
Seine Blumen verbrannt.

So geht es allen. Am Ende
Blicken wir müd zurück,
Hauchen fröstelnd in leere Hände,
Zweifeln, ob je ein Glück,
Je eine Liebe gewesen.
Weit liegt unser Leben zurück,
Blaß wie Märchen, die wir gelesen.

Einst hat Sommer den Frühling erschlagen,

Hat sich jünger und stärker gewußt.
Nun nickt er und lacht. In diesen Tagen
Sinnt er auf eine ganz neue Lust:
Nichts mehr wollen, allem entsagen,
Hinsinken und die blassen
Hände dem kalten Tode lassen,
Nichts mehr hören noch sehen,
Einschlafen … erlöschen … vergehen …

여름이 늙고 지쳤다.
잔인한 두 손을 늘어뜨렸다.
땅을 멍하니 바라본다.
이제 종말에 이른다.
불을 날려 버리고,
꽃을 태워 버렸다.

혼자서 간다. 마지막으로
우리를 지친 시선으로 돌아본다.
오한이 나서 빈손에 입김을 분다.
의심한다, 전에는
과연 행운이, 사랑이 있었는지.
우리의 삶을 멀찍이 뒤에다 물려놓아
이미 읽어 빛바랜 동화 같게 한다.

한때 여름은 봄을 때려눕히고,
더 젊고, 더 강하다고 자부했다.
이제는 머리를 끄덕이고 웃는다.
요즈음은 아주 다른 즐거움을 생각한다.
아무것도 바라지 않고, 모두 버리고,
쓰러진 채 창백한 손을
차디찬 죽음에다 놓아둔다.

더 듣지도 않고, 보지도 않고,
잠들고... 사라지고... 간다.

　헤세는 독일 출신의 스위스 작가이고 시인이다. 바로 위의 시와 전혀 상반되게, 여름이 위세를 잃고 늙고 피곤해 물러나는 모습을 그렸다. 우리말에도 노염(老炎)이라는 말이 있다. 여름 더위가 늙었어도 아직 심술궂은 힘이 있다는 말이다. 이 시에서는 여름이 늙고 지쳤다고만 하고, 심술궂지도 않고 힘도 없다.

　더위가 절정에 이른 여름은 폭군과 같아 몰락이 처참하다. 봄을 때려눕히고 당당하게 등장한 여름이 스스로 쇠퇴해 초라하게 되었다고 했다. 서두에서 "잔인한 두 손을 늘어뜨렸다"고 할 때부터 권력이 무상하다고 하는 것 같은 느낌을 준다. 폭군의 몰락을 적대감을 가지고 바라보지는 않았다. "우리를 지친 시선으로 돌아본다"고 하면서 가까이 가더니, "우리의 삶을 멀찍이 뒤에다 물려놓아 이미 읽어 빛바랜 동화 같게 한다"는 데서는 보고 있는 우리도 함께 몰락했다는 느낌이 들게 했다. 죽음을 받아들이는 것이 새로운 즐거움이라는 데 동의하게 한다.

제6장
가을의 노래

백거이(白居易), 〈초가을 밤에 홀로(早秋獨夜)〉

井梧涼葉動
鄰杵秋聲發
獨向檐下眠
覺來半床月

우물가 오동 서늘한 잎 흔들리고,
이웃집 다듬이 가을 소리로다.
홀로 처마 밑에서 잠을 자다가
깨어보니 침상 반쯤 달이로다.

　백거이는 중국 당나라 시인이다. 이 시에서 가을 달밤의 느
낌을 섬세하게 묘사했다. 오동잎 흔들리는 것은 자연에 닥쳐
온 가을이고, 다듬이 소리는 생활에서 맞이하는 가을이다. 술
이 취해서인지 처마 밑에서 잠이 들었다가 자기가 자는 곳인
침상을 절반이나 달빛이 차지한 것을 보고 가을 정취를 새삼스
럽게 느꼈다.

작자 미상, 〈시비에 개 짖거늘...〉

시비에 개 짖거늘 임만 여겨 나가보니
임은 오지 않고 명월이 만정한데 추풍에 잎 지는 소리
　소리로다
저 개야 추풍낙엽을 헛되이 짖어서 날 속일 줄 어째오

　누가 지었는지 모르는 한국 고시조이다. 달 밝은 가을밤에
바람이 불어 낙엽이 지는 소리가 날 때 임이 없는 외로움이 더
욱 절감되게 마련이다. 임이 오지 않아 애태우는 상황에서, 개
가 낙엽 소리를 듣고 짖어 임이 오니 인기척이 나서 짖는 줄

알도록 속였다고 했다. 오지 않는 임을 원망할 수 없어, 공연
히 짖었다고 개를 나무랐다.

릴케Rainer Maria Rilke, 〈가을날Herbsttag〉

Herr, es ist Zeit. Der Sommer war sehr groß.
Leg deinen Schatten auf die Sonnenuhren,
und auf den Fluren lass die Winde los.

Befiehl den letzten Früchten, voll zu sein;
gib ihnen noch zwei südlichere Tage,
dränge sie zur Vollendung hin, und jage
die letzte Süße in den schweren Wein.

Wer jetzt kein Haus hat, baut sich keines mehr.
Wer jetzt allein ist, wird es lange bleiben,
wird wachen, lesen, lange Briefe schreiben
und wird in den Alleen hin und her
unruhig wandern, wenn die Blätter treiben.

주여 시간이 되었습니다. 여름은 아주 위대했습니다.
해시계 위에 당신의 그림자를 드리우소서.
그리고 들판에는 바람이 일게 하소서.

마지막 열매가 무르익게 하소서.
남향의 나날을 이틀 더 주셔서
결실이 완결되게 하소서.
마지막 단물이 포도주에 몰려들게 하소서.

집이 없는 사람은 이제 집을 짓지 않습니다.
혼자인 사람은 오랫동안 혼자이면서

잠들지 않으면서 독서하고 긴 편지를 쓸 것입니다.
그리고 길거리를 이리저리 헤맬 것입니다,
가로수의 나뭇잎이 떨어지면.

　릴케는 체코 출신의 독일어 시인이다. 깊은 뜻을 지닌 시를
이해하기 어렵게 짓는 것이 예사인데, 이 작품은 쉽게 읽혀 릴
케를 대중과 가까워지게 한다. 제1연에서 위대한 여름이 가
고 쓸쓸한 가을이 시작되었다고 한 것은 보들래르, 〈가을의 노
래〉와 같다. 제2연에서는 가을 열매가 충실하게 익게 해달라
고 기원해, 가을이 의미 있는 계절이게 하고자 했다. 제3연에
서는 가을이면 외로운 사람이 어떻게 하는지 말했다.

베르래느Paul Verlaine, 〈가을의 노래Chanson d'automne〉

Les sanglots longs
Des violons
De l'automne
Blessent mon coeur
D'une langueur
Monotone.

Tout suffocant
Et blême, quand
Sonne l'heure,
Je me souviens
Des jours anciens
Et je pleure

Et je m'en vais
Au vent mauvais
Qui m'emporte

Deçà, delà,
Pareil à la
Feuille morte.

가을날
바이올린의
긴 흐느낌
단조롭고
우울해
내 마음 상하게 한다.

숨 막히고
창백해 할 때,
종이 울리자,
지나간 날을
생각하고
나는 운다.

나는 떠나간다,
사나운 바람에
몸을 맡기고
여기 저기
마치
낙엽처럼.

　베르래느는 프랑스 상징주의 시인이다. 이 작품 〈가을의 노래〉가 널리 알려지고 번역으로도 많은 사랑을 받는다. "가을날 비오롱의 긴 오열"로 시작되는 기존의 번역을 고쳐 쉽게 이해되는 자연스러운 우리말 시를 만들고자 했다.
　말은 단순해 누구든지 지을 수 있는 시이지만, 음성상징을 이용한 음악성이 뛰어난 깃을 자랑으로 삼는다. 제1연의

"longs"과 "violons"에서 되풀이되는 [lɔ̃](롱)은 "흐느낌 단조
롭고 우울해"와 호응된다. 제2연의 "suffocant"과 "quand"에
서 되풀이되는 [kɑ̃](캉)은 종소리를 나타낸다. 음악성은 옮기
지 못해 번역이 원작을 따르지 못한다.

보들래르Charles Budelaire, 〈가을의 노래Chant d'automne〉

   I

Bientôt nous plongerons dans les froides ténèbres ;
Adieu, vive clarté de nos étés trop courts !
J'entends déjà tomber avec des chocs funèbres
Le bois retentissant sur le pavé des cours.

Tout l'hiver va rentrer dans mon être : colère,
Haine, frissons, horreur, labeur dur et forcé,
Et, comme le soleil dans son enfer polaire,
Mon coeur ne sera plus qu'un bloc rouge et glacé.

J'écoute en frémissant chaque bûche qui tombe ;
L'échafaud qu'on bâtit n'a pas d'écho plus sourd.
Mon esprit est pareil à la tour qui succombe
Sous les coups du bélier infatigable et lourd.

Il me semble, bercé par ce choc monotone,
Qu'on cloue en grande hâte un cercueil quelque part.
Pour qui ? — C'était hier l'été ; voici l'automne !
Ce bruit mystérieux sonne comme un départ.

   II

J'aime de vos longs yeux la lumière verdâtre,

Douce beauté, mais tout aujourd'hui m'est amer,
Et rien, ni votre amour, ni le boudoir, ni l'âtre,
Ne me vaut le soleil rayonnant sur la mer.

Et pourtant aimez-moi, tendre coeur ! soyez mère,
Même pour un ingrat, même pour un méchant ;
Amante ou soeur, soyez la douceur éphémère
D'un glorieux automne ou d'un soleil couchant.

Courte tâche ! La tombe attend ; elle est avide !
Ah ! laissez-moi, mon front posé sur vos genoux,
Goûter, en regrettant l'été blanc et torride,
De l'arrière-saison le rayon jaune et doux !

I

이윽고 우리는 차가운 어둠속에 잠기리라.
잘 가거라, 너무 짧은 우리의 여름날 빛이여!
나는 이미 음산한 충격을 느끼면서 듣는다,
마당 길 위에 부려놓는 나무가 울리는 소리를.

겨울이 닥쳐와 온통 내게로 들어오려고 한다.
분노, 증오, 전율, 공포, 장기간의 강제 노동이.
극지의 지옥에 갇혀 있는 태양이라도 된 듯이,
내 가슴은 붉게 얼어붙은 덩어리이기만 하다.

나는 떨며 장작 떨어지는 충격에 귀 기울인다.
사형대를 짓는 소리라도 더 둔탁하지 않으리.
내 마음은 무너져내리고 마는 탑과도 같다,
성벽 파괴 도구로 무겁고도 끈덕지게 내리쳐.

이 단조로운 충격에 흔들리면서 나는 느낀다,

어디선가 누가 급히 관에 못을 박는 것 같다.
누구를 위해? — 어제는 여름이고, 지금은 가을이다!
이 야릇한 소리가 출발 신호처럼 울린다.

II

나는 너의 긴 시선 푸르스름한 빛을 좋아한다.
다정한 미인이여, 나는 오늘 모든 것이 쓰다.
그대의 사랑, 안방, 아궁이, 그 어느 것이라도
바다에서 빛나는 태양보다는 못하구나.

하지만 나를 사랑해다오, 부드러운 마음으로
어머니처럼 감싸다오. 배신자나 적대자라도.
연인이든 누이이든, 잠시 부드러움을 베풀어다오.
영광스러운 가을인 듯이, 넘어가는 태양인 듯이.

잠깐 동안 수고이다! 기다리는 무덤이 탐욕스럽다.
아! 내 이마를 가져다가 그대의 무릎에다 얹고,
흰빛으로 작열하던 지나간 여름을 아쉬워하면서,
늦은 계절의 노랗고 부드러운 광선을 음미하게 해다오.

　보들래르는 프랑스 상징주의 시인이다. 이 시에서 여름이 가
고 가을이 시작될 때의 느낌을 뛰어난 표현으로 전해주었다.
프랑스에서는 비가 오지 않고 날씨가 청명한 여름이 아름다운
계절이고, 가을은 비가 부슬부슬 내리는 음산한 계절이다. 여
름이 가는 것을 아쉽게 여기고 가을이 오는 것을 반가워하지
않는다.
　두 편 가운데 I의 제1연에서 난방용 장작을 부려놓는 소리를
들으면서 음산한 충격을 느끼면서 원하지 않는 가을을 맞이한
다고 한 데다 다른 말을 이었다. 제2연에서는 가을이 어떤 계
절인지 말하지 않고, 바로 겨울이 오는 것을 예감하면서 불안

에 사로잡혔다. 제3-4연에서는 장작 떨어지는 소리를 들으면서 사형대를 짓는 소리, 탑이 무너지는 소리, 성벽을 파괴하는 소리, 관에 못을 박는 소리를 연상하고, 갖가지 불안에 사로잡혔다. 제4연 말미에서 말한 "이 야릇한 소리"도 장작 부려놓는 소리이다. 그 소리를 새 출발의 신호로 삼겠다고 했다. 새 출발은 무엇인지 짐작조차 할 수 없어 막연한 기대에 지나지 않는다.

Ⅱ에서는 가을 해가 넘어가는 것을 보고 떠오르는 생각을 펼쳤다. 계절이 지나가고 하루해가 저물듯이 인생이 덧없다고 했다. 잠시 동안이나마 사랑하는 사람에게서 위안을 얻으려고 했다. Ⅰ에 음산함이 언제까지나 지속될 듯이 말한 데서 벗어나 사그라지는 아름다움을 잠시 동안이라도 사랑하자고 했다.

구르몽Remy de Gourmont, 〈낙엽Les feuilles mortes〉

Simone, allons au bois : les feuilles sont tombées ;
Elles recouvrent la mousse, les pierres et les sentiers.

Simone, aimes-tu le bruit des pas sur les feuilles mortes ?

Elles ont des couleurs si douces, des tons si graves,
Elles sont sur la terre de si frêles épaves !

Simone, aimes-tu le bruit des pas sur les feuilles mortes ?

Elles ont l'air si dolent à l'heure du crépuscule,
Elles crient si tendrement, quand le vent les bouscule !

Simone, aimes-tu le bruit des pas sur les feuilles mortes ?

Quand le pied les écrase, elles pleurent comme des âmes,

Elles font un bruit d'ailes ou de robes de femme :

Simone, aimes−tu le bruit des pas sur les feuilles mortes ?

Viens : nous serons un jour de pauvres feuilles mortes.
Viens : déjà la nuit tombe et le vent nous emporte.

Simone, aimes−tu le bruit des pas sur les feuilles mortes ?

시몬, 숲으로 가자. 나뭇잎이 떨어졌다.
낙엽이 이끼와 돌, 오솔길을 덮고 있다.

시몬, 너는 좋으냐, 낙엽 밟는 소리가?

낙엽은 색깔이 정답고 느낌은 무겁다.
낙엽은 땅에 떨어져 있는 가냘픈 잔해이다.

시몬, 너는 좋으냐, 낙엽 밟는 소리가?

낙엽은 해질 무렵이면 모습이 너무나도 애처롭다.
낙엽은 바람이 불면 아주 부드러운 소리를 낸다.

시몬, 너는 좋으냐, 낙엽 밟는 소리가?

발로 짓밟으면 낙엽은 혼이 있는 듯이 운다.
낙엽은 날개 소리, 여자의 옷 소리를 낸다.

시몬, 너는 좋으냐, 낙엽 밟는 소리가?

오너라: 우리도 언젠가는 가여운 낙엽이 될 것이다.
오너라: 벌써 밤이 오고 바람이 우리를 몰고 간다.

시몬, 너는 좋으냐, 낙엽 밟는 소리가?

프랑스의 근대시인 구르몽이 낙엽을 노래한 이 시는 특히 널리 애송된다. "시몬"(Simone)이라는 여인에게 주는 말로 이어져 있는 사랑의 시이기도 해서 더욱 친근감을 준다. 복잡한 설명이 필요하지 않고, 누구나 즐겨 읽을 수 있다.

낙엽도 꽃이나 달빛처럼 매혹적인 자연물인 것이 이상하지 않다. 아름다움과 함께 쓸쓸함도 사랑하기 때문이다. 프랑스말로는 낙엽을 "feuilles mortes"라고 한다. 직역하면 "죽은 잎들"이어서 쓸쓸함이 더 강조되어 있다. 낙엽은 모습이나 색깔, 바람에 날리며 내는 소리가 좋다고 거듭 말했다. 더 좋은 것은 사람이 밟아서 내는 소리라고 하면서 반복구를 만들었다.

달이 좋다는 것과 낙엽이 좋다는 것이 사람의 일방적인 판단인 점은 다르지 않다. 그런데 달은 그냥 두고 보기만 하고 즐기는데, 낙엽은 밟으면서 좋아한다. 사람이 가해자 노릇을 하면서 피해를 즐기니 바람직한 일인가 하는 의문을 가질 수 있다. 밟힌 낙엽이 아파서 운다는 말은 하지 않았다고 나무랄 수는 있다.

"우리도 언젠가는 가여운 낙엽이 될 것이다"라고 한 말로 의혹이 해소된다. 낙엽을 노래하면서 인생을 되돌아보았으로 뜻하는 바가 단순하지 않다. 가시적인 자연물을 들어 내면 의식을 표출하는 상징주의의 수법이 여기서도 확인된다.

시몬스Arthur Symons, 〈가을 석양Autumn Twilight〉

The long September evening dies
In mist along the fields and lanes;
Only a few faint stars surprise
The lingering twilight as it wanes.

Night creeps across the darkening vale;
On the horizon tree by tree
Fades into shadowy skies as pale
As moonlight on a shadowy sea.

And, down the mist-enfolded lanes,
Grown pensive now with evening,
See, lingering as the twilight wanes,
Lover with lover wandering.

구월의 긴 저녁이 죽어가고 있다,
들과 길에 퍼져 있는 안개 속으로.
흐릿한 별 몇이서만 놀라고 있다,
머뭇거리다가 사라지는 석양을 보고.

밤이 어두운 골짜기를 건너 기어든다,
지평선에 있는 나무와 나무를 타고.
창백하게 그늘진 하늘로 사라진다,
그늘진 바다 위에서 비추는 달빛처럼.

그리고, 저 아래 안개에 싸인 길에서
이제 저녁이 되자 상념에 잠겨서,
보아라, 석양이 사라지니 머뭇거리던
연인과 연인이 함께 방황하고 있다.

· 시몬스는 영국 근대시인이다. 프랑스 상징주의 시풍을 영시
에 받아들였다. 제목을 〈가을 석양〉이라고 하고 가을의 청취
는 석양에 가장 잘 나타난다고 했다. "구월의 긴 저녁이 죽어
가고 있다"고 한 말로 서두를 삼고, 계절은 가을이 되어 시간
은 저녁이 되어 사라지는 것들을 바라보는 애잔한 심정을 노래
했다. 안개, 길, 골짜기, 나무, 하늘, 바다, 별, 달, 연인들까지

등장시켜 모두 같은 모습을 하고 머뭇거리고 방황하면서 사라진다고 했다.

흄T. E. Hulme, 〈가을Autumn〉

A touch of cold in the Autumn night—
I walked abroad,
And saw the ruddy moon lean over a hedge
Like a red-faced farmer.
I did not stop to speak, but nodded,
And round about were the wistful stars
With white faces like town children.

가을밤 싸늘한 느낌,
나는 밖에 나가 거닐다가
불그레한 달이 울타리에 구부리고 있는 것을 보았다.
얼굴이 붉은 농부처럼.
나는 멈추어 말하지 않고, 고개만 끄덕였다.
그 주위에는 생각에 잠긴 별들이 있었다.
도시의 아이들처럼 하얀 얼굴을 하고.

휴은 영국의 현대시인이다. 가을의 느낌을 아주 인상 깊게 그린 그림을 보여주었다. 농부와 도시의 아이들, 붉은 얼굴과 하얀 얼굴을 대조해 보여주어 사회적인 의미도 지니고 있다.

박진환, 〈낙엽〉

중량 없는 황금
액면 없는 수표

아무것도 살 수 없다
다만 비매품
사랑과 추억을 거래한다

   박진환은 한국 현대시인이다. 수많은 시인이 갖가지로 노래
한 낙엽에서 전혀 새로운 의미를 찾았다. 기발한 착상과 표현
을 갖춘 단시이다.

제7장
겨울의 노래

유종원(柳宗元), 〈강에 내린 눈(江雪)〉

千山鳥飛絶
萬徑人蹤滅
孤舟蓑笠翁
獨釣寒江雪

천산에 새가 날지 않고,
만길에 사람 자취 없다.
외로운 배 도롱이 삿갓 노인
홀로 낚시하는 추운 강의 눈.

　유종원은 중국 당나라 문인이고 시인이다. 겨울의 모습을 그
린 작품이 널리 알려져 있다. 천 개나 되는 산에 새가 날지 않
고, 만 가닥의 길에 사람 자취도 없는 고요한 원경을 그렸다.
왜 그런지 밝혔다. 눈이 내린 추운 강에서 외로운 배를 타고
도롱이 삿갓 차림의 노인이 홀로 낚시를 하는 근경을 그렸다.
낚시를 하는 이유가 고기를 잡아야 하기 때문만은 아닐 것이
다. 겨울이 오고 눈이 내린 혹독한 계절에 순응해 누구나 자취
를 감추는데, 이 노인 홀로 모습을 드러내 무엇을 하려는 것은
대세에 거역하는 고독한 결단이다. 시인의 내심을 그림 같은
시로 나타냈다.

신흠(申欽), 〈산촌에 눈이 오니...,〉

산촌에 눈이 오니 들길이 묻혔어라.
시비를 열지 마라 날 찾을 이 뉘 있으리.
밤중만 일편명월이 내 벗인가 하노라.

　신흠은 한국 조선후기 시인이다. 이 시조에서 눈이 온 겨울

밤의 광경을 인상 깊게 그렸다. 찾아올 사람이 없다는 것은 세상을 떠나 은거한다는 말이다. 그래도 달을 벗 삼아 외롭지 않다고 했다.

안민영(安玟英), 〈공산 풍설야에...〉

공산 풍설야에 돌아오는 저 사람아,
시비에 개 소리를 듣느냐 못 듣느냐?
석경에 눈 덮였으니 나귀 혁을 놓으라.

　안민영은 한국 조선시대 말기의 시조시인이다. 이 시조에서는 겨울에도 찾아오는 사람이 있다고 했다. 개가 짖고, 나귀를 타고 와서, 두 사람이 아직 만나지 않았어도 외롭지 않다. 겨울 추위를 인정으로 녹인다고 한 시이다.

베르아랑Emile Verhaeren, 〈겨울에En hiver〉

Le sol trempé se gerce aux froidures premières,
La neige blanche essaime au loin ses duvets blancs,
Et met, au bord des toits et des chaumes branlants,
Des coussincts de laine irisés de lumières.

Passent dans les champs nus les plaintes coutumières,
A travers le désert des silences dolents,
Où de grands corbeaux lourds abattent leurs vols lents
Et s'en viennent de faim rôder près des chaumières.

Mais depuis que le ciel de gris s'était couvert,
Dans la ferme riait une gaieté d'hiver,
On s'assemblait en rond autour du foyer rouge,

Et l'amour s'éveillait, le soir, de gars à gouge,
Au bouillonnement gras et siffleur, du brassin
Qui grouillait, comme un ventre, en son chaudron d'airain.

젖은 땅이 첫 추위가 오자 갈라진다.
흰 눈이 솜털을 멀리까지 흩어 보내고,
지붕이 흔들리는 초가 옆으로 가면서
무지개처럼 빛나는 가벼운 이불을 편다.

빈 들판으로 귀에 익은 신음소리가 지난다.
구슬프게 침묵하는 사막을 가로질러 간다.
덩치 큰 까마귀들이 천천히 날아오르더니
배가 고파, 인가 근처에 와서 배회한다.

회색 하늘이 덮어버린 다음에는 오히려
겨울을 즐기는 웃음소리를 들을 수 있다.
모두들 붉게 타오르는 불 가까이 모여 있다.

저녁이 되면 아녀자에게도 사랑을 베푼다.
하나 가득 기름진 먹거리가 소리를 내면서
배처럼 불룩한 청동 냄비 안에서 끓는다.

베르아랑은 프랑스어로 창작한 벨기에 근대시인이다. 차분
한 어조로 섬세한 감각을 보여주는 시를 썼다. 이 작품은 그런
특징을 잘 보여주면서 연을 적절하게 구성해 겨울이 어떤 계절
인지 말했다.

1·2연에서는 밖을 보았다. 제1연에서는 눈이 와서 아름다
운 광경이 벌어진다고 하고, 제2연에서는 빈 들판에서 날아오
르는 까마귀들이 을씨년스럽다고 했다. 제3·4연에서는 시선
을 안으로 돌려, 여기서도 겨울 추위를 인정으로 녹인다고 했
다. 제3연에서는 어두운 겨울에 사람들이 집안에서 즐거움을

누린다고 하고, 제4연에서는 먹을 것을 넉넉히 장만해 누구에게든지 사랑을 베푼다고 했다.

블래이크William Blake, 〈겨울에게To Winter〉

O Winter! bar thine adamantine doors:
The north is thine; there hast thou built thy dark
Deep-founded habitation. Shake not thy roofs,
Nor bend thy pillars with thine iron car.'

He hears me not, but o'er the yawning deep
Rides heavy; his storms are unchain'd, sheathèd
In ribbèd steel; I dare not lift mine eyes,
For he hath rear'd his sceptre o'er the world.

Lo! now the direful monster, whose 1000 skin clings
To his strong bones, strides o'er the groaning rocks:
He withers all in silence, and in his hand
Unclothes the earth, and freezes up frail life.

He takes his seat upon the cliffs,--the mariner
Cries in vain. Poor little wretch, that deal'st
With storms!--till heaven smiles, and the monster
Is driv'n yelling to his caves beneath mount Hecla.

겨울이시여! 그대의 견고한 문을 잠가두소서.
북쪽 그대 땅에 어두운 집을 든든하게 지었군요.
쇠로 된 차를 굴려 지붕이 흔들리게 하고,
기둥이 기울어지게 하지는 마소서.

겨울은 내가 하는 말을 들으려고 하지 않고,
벌어져 있는 심연 위로 무거운 발걸음을 옮긴다.

겨울의 폭풍이 사슬에서 풀려나 찰집에 들어갔다.
겨울이 세상을 지배해 나는 눈을 뜰 수 없다.

보아라! 이 무서운 괴물이 강력한 뼈다귀에
살갗 천벌을 붙이고 신음하는 바위 위로 활보한다.
모든 것을 말없이 시들게 하는 손을 지니고,
대지가 헐벗게 하고, 연약한 삶이 얼게 한다.

겨울이 벼랑 위에 자리를 잡아, 항해하는 사람이
외쳐도 소용없다. 폭풍과 거래하는 사람은 가엾구나.
하늘이 미소 지을 그날까지 이 괴물은
헬카 산 아래의 동굴로 소리지르며 몰려간다.

　블래이크는 낭만주의의 선구자로 평가되는 영국의 시인이고 화가이다. 춘하추동 네 계절에 관한 시를 모두 썼다. 봄에 관한 것을 앞에서, 겨울에 관한 것을 여기 내놓는다. 두 편에서 하는 말이 아주 다르다.

　제1연에서는 겨울은 북쪽에 머무르고 아래로 내려오지 말라고 간청했다. 제2연에서는 그 말을 듣지 않고 겨울이 닥쳐온 무서운 광경을 그렸다. 겨울을 의인화해서 부르는 말을 다시 하지 않고, 3인칭으로 지칭했다. 제3·4행까지 이어서 겨울은 횡포를 무자비하게 자행하는 괴물이라고 했다. "하늘이 미소 지을" 날은 겨울이 가고 봄이 올 때라고 생각된다. "헬카"는 아이슬랜드의 거대한 화산이다.

　앞에서 든 시조 두 편과 겨울에 관해 하는 말이 많이 다른 것은 무슨 까닭인가? 영국은 북쪽에 있고 더 춥고 음산하기 때문인가? 산업화 시대로 들어서면서 마음의 여유가 없어졌는가? 신명 대신 논리로 시를 쓰는 탓인가?

밀러Wilhelm Müller, 〈겨울 나그네, 잘 자라Wintereise, Gute Nacht〉

Fremd bin ich eingezogen,
Fremd zieh' ich wieder aus.
Der Mai war mir gewogen
Mit manchem Blumenstrauß.
Das Mädchen sprach von Liebe,
Die Mutter gar von Eh', −
Nun ist die Welt so trübe,
Der Weg gehüllt in Schnee.

Ich kann zu meiner Reisen
Nicht wählen mit der Zeit,
Muß selbst den Weg mir weisen
In dieser Dunkelheit.
Es zieht ein Mondenschatten
Als mein Gefährte mit,
Und auf den weißen Matten
Such' ich des Wildes Tritt.

Was soll ich länger weilen,
Daß man mich trieb hinaus ?
Laß irre Hunde heulen
Vor ihres Herren Haus;
Die Liebe liebt das Wandern −
Gott hat sie so gemacht −
Von einem zu dem andern.
Fein Liebchen, gute Nacht !

Will dich im Traum nicht stören,
Wär schad' um deine Ruh'.
Sollst meinen Tritt nicht hören −
Sacht, sacht die Türe zu !

Schreib im Vorübergehen
Ans Tor dir: Gute Nacht,
Damit du mögest sehen,
An dich hab' ich gedacht.

나는 나그네로 왔다가
나그네로 다시 떠나간다.
오월은 흐드러진 꽃다발로
나를 따뜻하게 맞아주었지.
아가씨는 사랑을 말하고
그쪽 어머니는 결혼까지…
이제 세상이 흐려지고
길에는 눈이 덮였네.

나는 여행은 떠나면서
계절을 선택할 수는 없네.
스스로 길을 찾아야 하네,
이 캄캄한 어둠 속에서.
달의 그림자를
길동무로 삼고.
그리고 흰 들판에서
짐승의 자취를 찾네.

내가 오래 머무르다가
쫓겨나기야 하겠나?
낯선 개 짖으려무나,
자기네 주인 집 앞에서.
사랑은 방랑을 좋아한다.
하느님이 이렇게 점지했다.
한 곳에서 다른 곳으로 가니
사랑하는 그대여, 잘 자라.

나는 그대의 꿈을 방해하고
휴식을 해치지는 않으리.
발자국 소리 들리지 않도록
조용히, 조용히 문을 닫으리라.
나는 가면서 적어놓는다,
방문에다 "잘 자라"고.
이 말로 그대가 알아차렸으면
내가 그대를 생각한 것을.

뮐러는 독일 낭만주의 시인이다. "Wintereise"를 전체 제목으로 하고 각기 제목이 따로 있는 시 24편을 지었다. 그 전부를 슈베르트(Franz Schubert)가 작곡한 노래가 널리 알려져 있다.

"Wintereise"는 "겨울 여행"이라는 말인데, "겨울 나그네"라고 하는 더 멋진 번역어를 사용하는 관례를 따른다. 겨울에 홀로 길을 가는 나그네는 유종원 시의 눈 내린 강에서 홀로 낚시를 하는 노인처럼 혹독한 계절을 거역하면서 간직한 뜻을 펴고자 하는 외톨이이다. 그러면서 머물러 있는 것과 나다니는 것의 차이가 있다. 유종원은 노인의 내심을 감추어놓고 말하지 않았으나, 뮐러는 겨울 나그네가 이루지 못한 사랑 때문에 생긴 마음의 상처를 달래느라고 추위를 무릅쓰고 방랑을 한다고 했다.

24편 가운데 첫째 것을 위에서 들었다. "Gute Nacht"는 직역하면 "좋은 밤"인 밤 인사이다. 우리말로는 밤 인사가 "잘 자라"이므로 제목을 이 말로 번역했다. 사랑하는 사람에게 "잘 자라"고 인사를 하고 서술자는 밤길을 떠난다고 했다. 사랑하는 사람을 대면해서 한 말이 아니고 마음속으로 자기 혼자 한 말이다. 사랑하는 사람이 등장하지 않아 실제로 있는지 의문이다. 사랑하는 사람의 휴식과 꿈을 방해하지 않고 조용히 떠난다고 거듭 말한 것도 실제 상황이라고 하기 어렵다.

사랑은 대부분의 경우 혼자만의 짝사랑이다. 대면해서 구애를 해볼 생각을 하지는 않고, 자기 마음속에서 키운 짝 사랑이 이루어지지 않아 실연을 했다면서 시를 짓는 것이 낭만주의 시인들의 공통된 밑천이다. 실연의 괴로움을 그냥 지니고 있을 수 없이 길을 떠나야 하면, 계절은 겨울이고 시간은 밤인 것이 적합하다. 봄은 새벽, 여름은 한낮, 가을은 저녁이라야 어울리듯이, 겨울은 밤이라야 제격이다.

오월이 가장 좋은 계절이어서 겨울과는 반대가 된다고 했다. 그때는 아가씨가 사랑을, 그 어머니는 결혼까지 말했다고 했다. 그런데 왜 파탄이 생겼는가 묻는 것은 산문적인 관심이다. 소설이 아닌 시를 쓰는 시인은 사건의 경과는 무시하고 계절에 따라 달라지는 느낌을 나타내면 되는 특권이 있다. "나는 여행은 떠나면서 계절을 선택할 수는 없네"라고 한 것은 겨울이 여행을 떠나도록 하는 것을 따를 수밖에 없다는 말이다. 제3연의 "사랑은 방랑을 좋아한다"는 "사랑을 마음에 품은 사람은 방랑하기를 좋아한다"를 줄여서 한 말로 생각된다.

이육사, 〈절정(絶頂)〉

매운 계절의 채찍에 갈겨
마침내 북방(北方)으로 휩쓸려 오다.

하늘도 그만 지쳐 끝난 고원(高原)
서릿발 칼날진 그 위에 서다.

어디다 무릎을 꿇어야 하나
한 발 재겨 디딜 곳조차 없다.

이러매 눈 감아 생각해 볼밖에
겨울은 강철로 된 무지갠가 보다.

이육사는 한국 근대시인이다. 항일투쟁을 하다가 옥사했다.

발표 가능한 영역을 최대한 확대하면서 투지를 다지는 시를 썼다. 이 시에서 겨울은 시련의 계절이다. 시련이 절정에 이르러 "매운 계절의 채찍에 갈겨 마침내 북방(北方)으로 휩쓸려 오다"고 했다. 일제의 억압이 견딜 수 없게 악화된 상황을 상징적 표현으로 나타냈다고 할 수 있다.

그러면 절망을 해야 하는가? 아니다. 하늘도 지쳐 끝난 곳, 칼날 위에 서서, 무릎을 꿇을 곳조차 없게 되어 극도에 이른 절망에서 희망이 나타난다고 했다. "겨울은 강철로 된 무지갠가 보다"고 하면서 희망의 무지개를 보았다. "강철"은 "겨울"에도 걸리고 "무지개"에도 걸리는 말이다. 강철인 겨울에서 강철인 무지개가 나타난다고 했다.

제8장
산수에 묻혀

이백(李白), 〈**홀로 경정산에 앉아**(獨坐敬亭山)〉

衆鳥高飛盡
孤雲獨去閑
相看兩不厭
只有敬亭山

뭇 새들 높이 날다가 사라지고,
외로운 구름 홀로 한가하게 떠다닌다.
마주 보아도 둘 다 싫지 않는 것은
오직 경정산뿐인가 하노라.

이백(李白), 〈**산중문답**(山中問答)〉

問余何意栖碧山
笑而不答心自閑
桃花流水杳然去
別有天地非人間

무슨 생각으로 산에서 사느냐고 내게 물으니,
웃기만 하고 대답하지 않는 마음 저절로 편안해.
복숭아꽃 흐르는 물 아득히 멀어가니
별다른 천지이고 사람 사는 세상이 아니라오.

이백은 중국 당나라 시인이다. 산에서 위안을 얻는다고 하는
이런 시를 지었다. 두 편을 함께 살피기로 한다.

〈홀로 경정산에 앉아〉에서는 새가 날아가고 구름이 떠다니
는 가변의 자연도 좋기는 하지만 사람 사는 세상과 상통하는
바 있고, 불변의 자연인 산은 차원이 더 높은 위안을 준다고
했다. 산을 일방적으로 바라보지 않고 산과 시인이 서로 바라
보아 무언의 공감을 확인하면서 같은 경지에 이른다고 했다.

〈산중문답〉에서는 "복숭아 꽃 흐르는 물"을 말해 도연명(陶淵明)의 〈도화원기〉(桃花源記)를 생각하게 하고, 그런 산에 왜 사느냐고 묻는다면 대답하지 않고 웃기만 하고 답하지 않는 마음이 저절로 편안하다고 했다. "웃기만 하고 대답하지 않는 마음 저절로 편안해"는 존재의 본질과 합치된 경지이다. 애써 노력해 얻어내지 않고 본래의 상태로 되돌아간 경지이다.

윤선도(尹善道), 〈잔 들고 혼자 앉아...〉

잔 들고 혼자 앉아 먼 뫼를 바라보니
그리던 님이 오다 반가움이 이리 하랴.
말씀도 우음도 아녀도 못내 좋아하노라.

윤선도는 한국 조선시대 시인이다. 이 시조에서 자연과 교감하는 즐거움을 이백의 시 두 편과 상통하는 방식으로 노래했다. 산을 바라보는 것은 〈홀로 경정산에 앉아〉와 같다. 먼 뫼를 바라보면서 혼자 즐기니 그리던 님이 오는 것보다 더욱 반갑다고 했다. 〈산중문답〉에서는 "웃기만 하고 대답하지 않는"다고 하고 그 이유를 설명했는데, 여기서는 말을 하지 않을 뿐만 아니라 웃지도 않는다고 하는 것을 결말로 삼았다.

도연명(陶淵明), 〈술을 마시며(飮酒)〉

結廬在人境
而無車馬喧
問君何能爾
心遠地自偏
採菊東籬下
悠然見南山

山氣日夕佳
飛鳥相與還
此中有眞意
欲辨已忘言

사람 사는 곳에 오두막을 지었어도
수레나 말이 시끄럽게 하지 않네.
그대에게 묻노니 그럴 수 있나?
마음이 멀리 있으니 땅조차 외지네.
동쪽 울타리 아래에서 국화를 꺾고서
물끄러미 남산만 바라본다.
산 기운이 해질녘에 아름답고
나는 새 짝을 지어 돌아간다.
이 가운데 참뜻이 있어
드러내려다가 말을 잊고 말았네.

   도연명은 중국 진나라 시인이다. 관리 노릇을 하다가 사직하고 고향으로 돌아가 은거하는 즐거움을 〈전원에 돌아가 산다〉(〈歸田園居〉)에서 말했다. 돌아가서 즐겁게 살면서 〈술을 마시며〉(〈飲酒〉)라는 시 20수를 지었다. 그 가운데 다섯 번째인 이 작품이 널리 애송된다.

   "수레나 말이 시끄럽게 하지 않네"라고 한 것은 속세의 잘난 사람들 특히 벼슬아치들이 자기를 찾아온다든가 하는 등의 이유로 드나들지 않는다는 말이다. "그대에게 묻노니"라고 한 것은 이백, 〈산중문답〉에서 산에 사는 뜻을 묻는다고 하는 것과 상통한다. 은거 생활에 관해 묻는 사람이 있어 대답한다고 한 것이 사실은 자문자답이다. "국화"는 백거이의 모란, 이황의 매화, 릴케의 장미, 하이네의 연꽃, 워드워스의 수선화처럼 시인이 가장 사랑하는 꽃이다. 도연명은 국화를 사랑한 시인으로 널리 알려져 있다.

   산을 바라본다는 것은 이백, 〈홀로 경정산에 앉아〉, 윤선도,

〈잔 들고 혼자 앉아...〉와 같은데, "물끄러미 남산을 바라본다"고 했다. "물끄러미"라고 번역한 "悠然"은 목표가 없이 마음을 비운 상태를 말한다. 남산은 부드럽고 조용한 산이다. 자연과의 교감이 마음을 비운 경지에서 이루어진 것을 잘 나타냈다. 대상과 거리를 멀리 하고, 시각만 사용하면서 초점을 맞추지 않았다. 대상이 아닌 바라보는 사람 마음의 자세를 나타내는 데 관심이 있기 때문이다.

한산(寒山), 〈천운 만수 가운데...(千雲萬水間...)〉

千雲萬水間
中有一閑士
白日遊青山
夜歸巖下睡
倏爾過春秋
寂然無塵累
快哉何所依
靜若秋光水

천운 만수 가운데
한사 한 사람 있어,
한낮에는 청산에서 놀고,
밤이면 돌아와 바위 아래 잔다.
어느덧 봄과 가을 지나가고,
고요하고 그윽해 세상의 번거로움 없다.
상쾌하도다, 어디다 의지하리오,
고요하기가 가을 강의 물이다.

　중국 당나라의 어느 은사(隱士)가 지었다는 《한산시》(寒山詩)에 이런 것이 있다. 구름은 천이고, 물은 만인데, 그 속에서 노니는 한사(閑士)는 하나이다. 청산도 암하도 자기 것이다. 욕심이 지나치지 않는가. 자연을 즐기자는 욕심은 지나쳐도 나무라지 않는다. 자연을 즐겨도 훼손하지 않는다. 있는 그대로 두고 보면서 자기를 잊고 동화되는 것이 자연을 즐기는 방식이다. 그래야 세상의 번거로움에서 벗어날 수 있다.

응우옌 짜이(阮廌), 〈늦봄에 짓다(暮春卽事)〉

閑中盡日閉書齋
門外全無俗客來
杜宇聲中春向老
一庭疎雨棟花開

한가한 종일 서재 문 닫았고,
문 밖에 속세 손님 오지 않네.
소쩍새 소리에 봄이 저물어가고,
한 마당 성긴 비에 멀구슬꽃 피네.

응우옌 짜이는 15세기 월남의 정치인이고 시인이다. 월남을 침공해 강점한 명나라 군대를 물리치고 독립을 쟁취한 전쟁을 지휘한 군인이고 정치인이면서, 시 창작에도 뛰어난 능력을 보여 한시 백여 수를 남겼다. 한자를 이용해 월남어를 표기한 국음시(國音詩) 작법을 개척하고 질과 양에서 한시와 대등한 경지에 이르도록 했다.

이 시는 전원에 은거하고 있을 때 지었다. 다른 사람들과의 접촉을 끊었을 뿐만 아니라 서재를 닫고 책을 보지도 않는다고 했다. 인위적인 언사를 개입시키지 않고 자연을 있는 그대로 받아들인다고 하고 그 모습을 그렸다.

김장생(金長生), 〈십년을 경영하여...〉

십년을 경영하여 초려(草廬) 한 칸 지어보니,
반 칸은 청풍(淸風)이고 반 칸은 명월(明月)이라.
강산(江山)은 들일 데가 없으니 둘러두고 보리라.

　김장생은 한국 조선시대 성리학자이다. 이 시조에서 자연으로 돌아가 묻혀 지내는 작은 거처인 초가집 한 칸을 마련하려고 십년 동안 노력했다고 했다. 관직, 명성, 명분 등 세상에서 대단하게 여기는 것들을 다 버리고 자연에 묻히는 것이 어려운 일이라고 말했다. 자연에 묻히려면 인위적인 것은 최소한으로 줄여야 하므로 초가를 한 칸만 마련했다고 했다. 초가 한 칸을 마련한 것이 "반 칸은 청풍(淸風)이고 반 칸은 명월(明月)이라"라고 말했다. 맑은 바람과 밝은 달을 그대로 받아들인다고 하면서 그런 마음씨를 지녀야 자연으로 돌아갈 수 있다고 했다.

　"강산(江山)은 들일 데가 없으니 둘러두고 보리라"라고 한 것은 무슨 뜻인가? 이에 대해 세 가지 대답을 할 수 있다. (가) 힘들여 지은 집이 너무 작아 강산은 받아들일 수는 없다. (나) 맑은 바람과 밝은 달의 마음씨를 지녀도 강산과 일체를 이루는 경지에 이른 것은 아니므로 생각을 더 크게 열어야 한다. (다) 인간은 유한하고 자연은 무한하다.

송시열(宋時烈), 〈청산도 절로절로...〉

청산도 절로절로 녹수도 절로절로,
산(山) 절로 수(水) 절로 산수간에 나도 절로.
아마도 절로 난 인생이 절로 늙으려 하노라.

　송시열은 한국 조선시대 성리학자이다. 은거하는 시기에 마음을 비웠다고 이런 시조에서 말했다. 모든 인위적인 노력은 버리고, 산수와 함께 절로 살아가겠다고 했다.

김상용, 〈남으로 창을 내겠소〉

남으로 창을 내겠소.
밭이 한참갈이
괭이로 파고
호미로 김을 매지요.

구름이 꼬인다 갈 리 있소.
새 노래는 공으로 들으랴오.
강냉이가 익걸랑
함께 와 자셔도 좋소.

왜 사냐건
웃지요.

　김상용은 한국 근대시인이다. 이 시 또한 자연과의 교감이 특정 대상을 넘어서서 생활 전반으로 확대되어 있는 본보기이다. 남으로 창을 낸다고 한 것은 자기가 살고 있는 방이 막혀 있지 않고 햇빛을 받고 농사를 짓는 바깥과 바로 연결되게 한다는 말이다.

　자연의 혜택을 누리면서 농사를 지으면서 사는 삶이 다른 무엇보다도 즐겁다고 했다. 왜 사느냐고 묻는다면 웃는다고 한 것이 이백, 〈산중문답〉에서 한 말과 같다. 편안한 마음으로 초탈하게 살아간다고 한 곳이 별천지가 아니고 예사 사람들이 농사를 짓는 마을이다.

　"구름이 꼬인다 갈 리 있소"라고 한 것은 깊이 새겨보아야 할 말이다. "꼬인다"는 "유혹한다"는 뜻이다. 구름이 아름답거나 기이한 모습을 하고 유혹해도 가까이 가려고 마을을 떠나지 않겠다는 말이다. 산에 들어가 별천지를 찾으면 마음이 더 편안해지는 것은 아니라고 한 말이기도 하다. "새 노래는 공으로 들으랴오"는 "강냉이"를 비롯한 다른 모든 것은 농사를 지어 얻기 때문에 하는 말이다.

제9장
대자연과의 교감

혜근(惠勤), 〈청산은 나를 보고...(靑山兮要我...)〉

靑山兮要我以無語
蒼空兮要我以無垢
聊無愛而無惜兮
如水如風而終我

청산은 나를 보고 말없이 살라 하고,
창공은 나를 보고 티없이 살라 하네.
사랑도 벗어놓고 미움도 벗어놓고,
물같이 바람같이 살다가 가라 하네.

　혜근은 한국 고려시대 승려이다. 나옹(懶翁)이라는 호로 더
잘 알려졌다. 입말[구두어]로 부른 것이 한문으로 전하는 이 노
래를 다시 입말로 풀어 애송한다. 청산과 창공이 사랑도 미움
도 없이 모든 것을 자연에 내맡겨 살라고 한다 했다.

이제현(李齊賢), 〈아미산에 올라(登峨眉山)〉

蒼雲浮地面
白日轉山腰
萬像歸無極
長空自寂寥

푸른 구름 땅 위에 떠 있고,
흰 해가 산허리로 굴러가네.
만상이 무극으로 돌아가니
먼 허공 스스로 고요하다.

　이제현은 한국 고려시대 시인이다. 앞에서 자연의 외양을 보
고, 뒤에서는 모든 것을 아우르는 궁극의 실체를 생각했다. 거

106

대한 모습으로 나타나 있는 유(有)를 보면서, 보이지 않는 무
(無)가 더 크다고 했다.

에머슨Ralph Waldo Emerson, 〈자연Nature〉

Winters know
Easily to shed the snow,
And the untaught Spring is wise
In cowslips and anemones.
Nature, hating art and pains,
Baulks and baffles plotting brains;
Casualty and Surprise
Are the apples of her eyes;
But she dearly loves the poor,
And, by marvel of her own,
Strikes the loud pretender down.

For Nature listens in the rose,
And hearkens in the berry's bell,
To help her friends, to plague her foes,
And like wise God she judges well.
Yet doth much her love excel
To the souls that never fell,
To swains that live in happiness,
And do well because they please,
Who walk in ways that are unfamed,
And feats achieve before they're named.

겨울은 아는 것이 있어
쉽게 눈이 내리게 한다.
봄은 배우지 않고도
앵초나 아네모네를 슬기롭게 해준다.

자연은 인공과 고통을 싫어하고,
음모 꾸미는 두뇌를 방해하고 교란한다.
우연과 경이가
자연의 시야에서 열린 사과이다.
자연은 가난한 사람을 무척 사랑하고,
경이로운 힘을 지녀
떠버리 위선자를 격퇴한다.

자연은 장미 속에서 말을 듣고,
딸기 방울 속에서 귀를 기울인다.
친구를 돕고 원수를 괴롭히려고
하느님처럼 현명하게 판단한다.
사랑을 특별하게 베푸는 대상이
좌절하지 않는 영혼이고,
사랑에 빠져 행복하게 살아야 할 청년이다.
마음에 들기 때문에 잘해준다,
명성이 나지 않은 길을 걸어가는 사람,
이름이 생기기 전에 해낸 업적.

에머슨은 19세기 미국의 사상가이고 문인이다. 자연을 존중
하고 예찬해야 한다고 주장하는 논저를 쓰고 시도 지었다. 이
것이 자연에 관한 시 가운데 하나이다. 자연은 눈이 내리게 하
고 꽃을 피우는 능력이 있다고 하고, 장미꽃을 피워 말을 듣
고, 딸기가 열리게 해서 희망을 준다고 했다. 우연과 경이가
자연이 보여주는 결실이라고 했다.

이런 자연이 그 자체로 존재하지 않고, 사람과 싫어하기도
하고 좋아하기도 하는 이중의 관련을 가진다고 했다. 자연이
사람의 인공과 고통을 싫어한다고 하고, "음모 꾸미는 두뇌",
"떠버리 위선자"를 배격한다고 했다. 다른 한편으로 자연은
"가난한 사람", 좌절하지 않는 영혼", "사랑에 빠져 행복하게

살아야 할 청년", "명성이 나지 않은 길을 걸어가는 사람", "이름이 생기기 전에 해낸 업적"을 사랑한다고 했다.

사람이 살아가는 방식에는 자연스럽지 못한 것도 있고 자연스러운 것도 있으며, 자연스러운 쪽이 바람직하다는 생각이 광범위한 지지를 받고 있다. 자연스럽게 살려면 자연과 교감해야 한다고, 지금까지 든 여러 시인이 각기 자기 나름대로 깨달은 바가 있어 알려주었다. 에머슨도 같은 말을 한 것 같으나 상례에서 벗어났다.

에머슨은 자연을 수사적인 기법 이상으로 의인화해 숭배의 대상으로 삼았다. 자연이 하느님처럼 현명하게 판단하는 능력을 지녔다고 말하고, 좋아하는 쪽은 도와준다고 했다. 자연과 교감하자고 하지 않고 자연의 심판을 따라야 한다고 한 탓에 시답지 않은 시를 썼다. 여러 겹의 비유를 겉치레로 삼고 종교의 교리라고 할 것을 내놓았다.

보들래르Charles Baudelaire, 〈**교감**Correspondances〉

La Nature est un temple où de vivants piliers
Laissent parfois sortir de confuses paroles;
L'homme y passe à travers des forêts de symboles
Qui l'observent avec des regards familiers.

Comme de longs échos qui de loin se confondent
Dans une ténébreuse et profonde unité,
Vaste comme la nuit et comme la clarté,
Les parfums, les couleurs et les sons se répondent.

Il est des parfums frais comme des chairs d'enfants,
Doux comme les hautbois, verts comme les prairies,
— Et d'autres, corrompus, riches et triomphants,

Ayant l'expansion des choses infinies,
Comme l'ambre, le musc, le benjoin et l'encens,
Qui chantent les transports de l'esprit et des sens.

대자연은 신전이라, 살아 있는 기둥에서
이따금 모호한 말이 흘러나오게 한다.
사람이 상징의 숲을 거쳐 그리로 가니
숲은 친근한 눈길로 사람을 바라본다.

멀리까지 길게 울리는 메아리처럼
어둡고 깊게 모든 것이 어울린 데서
밤처럼 빛처럼 넓게 퍼진 곳에서
향기, 색깔, 소리가 서로 화답한다.

어린 아이 살결처럼 신선한 내음
오보에처럼 감미롭고, 들판처럼 푸른.
그리고 진하고, 화려하고, 당당한 다른 것들.

무한한 영역으로까지 퍼져 나오는
용연향, 사향, 안식향, 제단향 같은 것들이
정신과 감각의 도취 상태를 노래한다.

　보들래르는 프랑스 상징주의 시인이다. 이 시에서 자연과의
교감이 무엇이며 어떻게 하는지 밝히는 총론을 제시했다. 자
연이라는 말이 첫 단어인데 대문자로 썼으므로 "대자연"이라
고 번역했다. 대자연과 사람의 관계를 말한 데 자세하게 살펴
야 할 많은 사안이 내포되어 있다. 하나씩 가려내서 분석하면
상징주의 시론을 얻을 수 있다. 시론은 종교의 교리 같은 것이
아니고 시의 원리에 대한 해명이다.
　"대자연은 신전이라, 살아 있는 기둥에서 이따금 모호한 말
이 흘러나오게 한다"는 것은 대자연을 종교의 신전과 동일시

한 발상이다. 신전에 자리잡고 있는 신은 알아들을 수 없는 모호한 말로 사람과의 관계를 가진다고 여겨 모실 만하다고 인정된다. 그 모호한 말을 특별한 능력을 가진 신관이 해독하거나 무당이 공수를 주어 일반 신도도 이해할 수 있게 전달한다고 한다. 신전의 신처럼 대자연도 모호한 말이 흘러나오게 하는데, 받아들여 알려주는 사람이 신관이나 무당과 상통하면서 상이한 시인이다. 시인은 신관이나 무당처럼 초자연적인 능력을 갖추고 있지는 않고, 신탁을 해독하거나 공수를 주는 것과는 다른 방법을 개발해 대자연이 하는 말을 해독한다고 했다.

보들래르가 개발한 특별한 방법은 "상징의 숲"을 통로로 삼아 대자연에 다가가는 것이다. "상징의 숲"은 "상징물로 사용하는 숲"이기도 하고, "숲처럼 많이 등장한 상징물"이기도 하다. 상징을 위해 사용하는 사물이 상징물이다. 시인은 숨은 의미를 바로 찾아내 일상어로 옮기지 못하고, 상징물을 적절하게 찾아내고 배합해 찾아야 할 의미를 환기하거나 암시한다. 환기나 암시 때문에 손상되지 않는 가변적인 의미를 전달해, 받아들이는 독자가 종교의 신도처럼 피동적인 자세를 가지지 않고 자기 나름대로 추리하고 상상하는 즐거움을 누리도록 한다.

시는 대자연의 비밀 또는 존재의 본질 탐구를 궁극의 목표로 삼아야 한다. 비밀이나 본질이라고 할 것은 개념어를 사용하는 논리적인 언술을 넘어서 있어 상징물을 이용하는 상징으로 접근할 수밖에 없다. 보들래르가 제시한 총론을 각론까지 갖추어 풀이하면, 이렇게 정리할 수 있는 시론을 상징주의에서 제시했다.

존재의 본질 탐구를 목표로 시를 쓰겠다고 하는 것은 "존재론적 모험"이라고 할 수있다. 이 말을 나는 1962년도 서울대학교 불문학과 졸업논문 〈현대시의 존재론적 모험〉을 쓸 때 표제에서부터 계속 사용했다. 보들래르 이후의 프랑스 상징주의 시를 널리 고찰하고, 독시나 영시까지도 다루어 존재론적 모험이 어떻게 나타나 시가 달라지게 되었는지 고찰한 내용이

다. 분량은 2백자 원고지 581장이다. 계명대학교 도서관 동일
문고에 보관되어 있다.

존재의 본질은 대자연에서 탐구해야 하고, 대자연과 합치되
는 것이 궁극의 목표여야 한다고 동아시아에서는 계속 생각하
고 실행해왔다. 동아시아에서는 당연한 일을 유럽에는 뒤늦게
하느라고 존재론적 "모험"이라고 할 만한 소동을 벌였다. 유
럽의 미술이나 문학은 오랫동안 사람의 일에만 관심을 가지다
가, 19세기에 이르러 자연에 다가가는 대전환을 이룩했다. 낭
만주의는 자연의 아름다움을 발견하고 감격해 예찬했다. 상징
주의는 자연의 외면을 그리는 데서 만족하지 않고 그 이면의
원리, 존재의 비밀이라고 할 것을 탐구하는 데까지 나아가고
자 했다.

사람이 자연에 다가가는 것은 자연이 접근을 허용하기 때문
이다. "밤처럼 빛처럼 넓게 퍼진 곳에서 향기, 색깔, 소리가 서
로 화답한다"고 하는 것이 접근을 허용하는 자연이 사람에게
보내는 신호이고 선물이다. 사람이 그런 것들을 받아들여 자
기 것으로 하면서 도취되는 즐거움을 누리면 자연과 합치되
고, 존재의 비밀을 체득하게 된다고 말했다. 생략되어 있는 말
을 보태면, 사람이 대자연의 일부임을 알아차려 모든 근심이
나 고민에서 벗어날 수 있다고 한 것이다.

"향기, 색깔, 소리" 가운데 향기가 특히 중요하다고 여겼다.
말미에서 "용연향, 사향, 안식향, 제단향 같은 것들이 정신과
감각의 도취 상태를 노래한다"고 한 것이 도달하기를 바라는
이상적인 경지이다. 앞의 셋은 소중하게 여기는 특정의 향이
다. 넷째 것은 제단에서 피우는 일반적인 향이므로 "제단향"
이라고 번역했다. 대자연이 제공하는 향내가 사람이 여러 향
을 피워 내는 냄새와 "같다"고 했다. 다른 모든 경우에 그렇듯
이, "같다"는 "이다"로 바꿀 수 있다. 그러면 대자연에 다가가
는 탐구가 각종 향을 피우고 냄새를 맡은 행위로 대치된다.

향을 피우고 제사를 지내는 것은 인도 이동의 아시아에서 늘

하는 행사이다. 향내가 신을 불러와 사람과 만나게 한다고 믿
는다. 그렇지만 향내에 도취되면 도를 닦아 존재의 본질을 체
득하는 데 이른다고 하지는 않는다고 하는 것이 이 시와 다르
다. 이 시에서는 구도를 위한 수련도 대자연과 하나가 되기 위
한 마음 비움도 말하지 않고, 향내에 도취되면 뜻하는 바를 이
룬다고 했다. 자연의 본질 탐구를 위한 존재론적 모험이 긴장
을 잃고 안이하게 끝났다고 할 수 있다.

랭보Arthur Rimbaud, 〈느낌Sensation〉

Par les soirs bleus d'été, j'irai dans les sentiers,
Picoté par les blés, fouler l'herbe menue,
Rêveur, j'en sentirai la fraîcheur à mes pieds.
Je laisserai le vent baigner ma tête nue.

Je ne parlerai pas, je ne penserai rien :
Mais l'amour infini me montera dans l'âme,
Et j'irai loin, bien loin, comme un bohémien,
Par la Nature, heureux comme avec une femme.

푸르른 여름 저녁이면 오솔길을 가리라.
밀에 찔리면서 작은 풀을 밟으리라.
꿈꾸는 듯한 신선함을 발로 느끼고,
바람이 맨 머리를 씻어주게 하리라.

말을 하지 않고 아무 생각도 없는데,
무한한 사랑이 마음에 떠오르리라.
그래서 멀리, 아주 멀리, 방랑자처럼 가리라.
대자연을 여인처럼 동반하는 행복을 누리고.

랭보는 프랑스 상징주의 시인이다. 앞에서 든 보들래르의 뒤를 이어 다른 여러 시인도 존재론적 모험의 여정에 들어선다고 했다. 첫 번째로 들어야 할 다른 시인이 랭보이다. 랭보는 보들래르의 제안을 충실하게 이행해 이 시를 지었다.

보들래르는 〈교감〉의 첫 단어로 내세운 대문자 "Nautur" "대자연"이 여기서는 마지막 줄에 등장했다. 대자연과의 교감을 보들래르가 제안하고 랭보는 실행했다. 보들래르는 교감을 위한 가장 중요한 통로가 향내를 맡은 후각이라고 했는데, 랭보는 여기서 몸에 와서 닿는 것들과 접촉하는 촉각이 으뜸이라고 했다. 후각보다 촉각은 더욱 직접적이고, 추상적이지 않고 구체적인 즐거움을 준다.

오솔길, 밀, 풀, 바람 등이 신체 여러 곳에 와서 닿는 촉각의 즐거움을 말한 데다 보태 예증의 의미를 밝혔다. 존재론적 모험을 실행하는 데 그치지 않고 이론적 고찰을 더욱 진전시켰다. "말을 하지 않고 아무 생각도 없는데, 무한한 사랑이 마음에 떠오르리라"고, "대자연을 여인처럼 동반하는 행복을 누리고"라고 한 것이 대자연과 교감해야 하는 이유이다. 보들래르가 말하지 못한 것을 명백하게 밝혔다.

말을 하지 않고 생각도 없다고 한 것은 "대자연을 여인처럼 동반"하니 마음에 떠오르는 사랑이 너무 행복하기 때문이다. 동아시아 여러 시인의 시에서 존재의 본질에 이르면 사람이 하는 말과 생각을 넘어선다고 한 것과는 상당한 거리가 있다. 시는 수식이라고 여기고 달변 자랑을 장기로 삼던 유럽의 시인이 말을 줄여 작품을 짧게 끝낸 것은 평가할 만하다.

조용하게 있지 않고 방랑자가 되어 돌아다니고 싶다고 했다. 대자연과 촉각으로 교감하는 행복을 더 누리려면 많이 움직여야 한다. 랭보, 〈나의 방랑: 환상〉에서 하던 말을 다시 해야 한다. 그 시의 동사는 모두 과거형인데, 여기서는 미래형만 사용했다. 실행에는 이르지 못하고 가능성을 탐색하기만 했다.

소바즈Cécile Sauvage, 〈자연이여, 나를...Nature, laisse-
moi...〉

Nature, laisse—moi me mêler à ta fange,
M'enfoncer dans la terre où la racine mange,
Où la sève montante est pareille à mon sang.
Je suis comme ton monde où fauche le croissant
Et sous le baiser dru du soleil qui ruisselle,
J'ai le frisson luisant de ton herbe nouvelle.
Tes oiseaux sont éclos dans le nid de mon coeur,
J'ai dans la chair le goût précis de ta saveur,
Je marche à ton pas rond qui tourne dans la sphère,
Je suis lourde de glèbe, et la branche légère
Me prête sur l'azur son geste aérien.
Mon flanc s'appesantit de germes sur le tien.
Oh ! laisse que tes fleurs s'élevant des ravines
Attachent à mon sein leurs lèvres enfantines
Pour prendre part au lait de mes fils nourrissons ;
Laisse qu'en regardant la prune des buissons
Je sente qu'elle est bleue entre les feuilles blondes
D'avoir sucé la vie à ma veine profonde.
Personne ne saura comme un fils né de moi
M'aura donné le sens de la terre et des bois,
Comment ce fruit de chair qui s'enfle de ma sève
Met en moi la lueur d'une aube qui se lève
Avec tous ses émois de rosée et d'oiseaux,
Avec l'étonnement des bourgeons, les réseaux
Qui percent sur la feuille ainsi qu'un doux squelette,
La corolle qui lisse au jour sa collerette,
Et la gousse laineuse où le grain ramassé
Ressemble à l'embryon dans la nuit caressé.
Enfant, abeille humaine au creux de l'alvéole,
Papillon au maillot de chrysalide molle,
Astre neuf incrusté sur un mortel azur !

Je suis comme le Dieu au geste bref et dur
Qui pour le premier jour façonna les étoiles
Et leur donna l'éclair et l'ardeur de ses moelles.
Je porte dans mon sein un monde en mouvement
Dont ma force a couvé les jeunes pépiements,
Qui sentira la mer battre dans ses artères,
Qui lèvera son front dans les ombres sévères
Et qui, fait du limon du jour et de la nuit,
Valsera dans l'éther comme un astre réduit.

자연이여, 나를 너의 진흙탕과 뒤섞이게,
너의 땅 뿌리가 흡수 작용을 하는 곳에 처박히게 해다오.
뿌리에서 위로 올라가는 수액은 내 피와 같다.
나는 초승달이 스치고 지나가는 너의 모습과 같고,
태양이 넘치도록 무성한 입맞춤을 하는 아래에서
나는 새로 난 풀이 되어 빛나게 흔들린다.
너의 새들이 내 가슴 속 둥지에서 부화된다.
나는 살 속에 너의 취향을 그대로 지니고 있다.
나는 천구(天球)를 회전하는 너의 발걸음으로 걷는다.
나는 무거운 흙덩이이고, 가벼운 나뭇가지이다.
날아다니는 자세를 하고 창공에 올라가
나의 허리는 너의 허리 위에서 씨를 맺어 무겁다.
오! 너의 꽃들은 협곡에서 날아 올라가
내 가슴에다 어린잎을 갖다 붙여라.
내가 기르는 아들들과 젖을 나누어 먹도록.
숲 속의 자두를 바라보면서 느끼게 해다오.
금빛 잎사귀들 사이에서 나타내는 푸른색은
내 혈관 깊은 곳에서 빨아들인 생명이라고.
누가 알리오, 내게 태어난 아들이
땅과 숲의 의미를 내게 전해주는 것을.
내 수액에서 자라난 육신의 결실이

새벽이 시작되는 빛을 내게 알리면서
이슬과 새들이 제공하는 모든 감동까지,
싹틈과 잎맥의 경이로움까지 곁들이는 것을,
나뭇잎에 부드러운 골격의 구멍을 뚫는 잎맥,
어느 날 주위에 장식을 붙이는 꽃부리,
낱알을 감싸고 있는 털 많은 구근은
애무한 밤의 배자(胚子)와 흡사하다.
아이는 벌집 속의 사람 벌이고,
여린 번데기에 들어 있는 나비이고,
사람의 창공에 삽입된 새로운 별이다.
나는 하느님처럼 행동이 단호하다.
창조를 하는 첫 날 별들을 만들어
빛이 나게 하고 내부에서 열이 나게 해주었다.
나는 움직이는 세계를 간직하고 있다.
내 힘으로 젊은 새들의 지저귐을 품고 있다.
동맥에서 바다가 꿈틀거리는 것을 느낀다.
짙은 어둠에서 이마를 쳐들 것이다.
진흙으로 만든 것이 낮이나 밤이나
축소된 별처럼 하늘에서 춤을 출 것이다.

　벨기에 출신 여성시인의 시이다. 자연과 교감하자고 하지 않고 일체를 이루자고 했다. 연을 나누지 않고 40행의 시를 연속시키면서, 이에 관해 길고 복잡한 말을 했다. 이해하기 어려운 대목도, 직역하면 의미가 전달되지 않을 구절도 있다. 능력껏 이해하고, 필요한 대로 의역을 한다.

　자연과 일체를 이루기 위해 땅 속으로 들어가겠다고 했다. 자연과 일체를 이루어 어떻게 되었는지 말했다. 자연과 짝짓기를 해서 번식을 한다고 했다. 날아다니는 곤충, 꽃을 피우는 식물, 아이에게 젖을 먹이는 사람이 하는 번식 행위가 복합되어 있다. 사람의 생명이 자연에 이진된다고 했다.

사람에게 태어나는 자식이 자연의 경이를 알려준다고 했다. 식물의 싹과 사람의 싹이 흡사하다고 했다. 사람의 아이는 곤충의 애벌레와 같지만 새로운 별이라고 했다. 임신한 것이 하느님의 창조와 같다고 했다. 임신한 상태에 관해 여러 말을 했다.

제10장
형상 만들기

이규보(李奎報), 〈우물 안의 달을 읊는다(詠井中月)〉

山僧貪月色
幷汲一瓶中
到寺方應覺
瓶傾月亦空

산승이 달빛을 탐내어
함께 길어 병에 넣고서,
절에 돌아와서 깨달았지.
병 기울이니 달 없는 것을.

　이규보는 한국 고려시대 시인이다. 우물 속의 달을 산승이
물과 함께 길어왔다고 하면서 형상이 있는 것처럼 말하고, 병
을 기울이니 달이 없다고 해서 형상을 부인했다. 없는 것을 있
는 듯이 형상을 만들어 독자의 마음을 사로잡는 시인의 임무를
적절하게 수행했다.

경한(景閑), 〈**노래**(又作十二頌呈似)〉

吾心似秋月
任運照無方
萬相影現中
交光獨露成

내 마음은 가을 달 같아
움직임 따라 무엇이나 비춘다.
만물이 모습을 나타내는 가운데
엇갈리는 빛만 온통 드러난다.

　경한은 한국 고려시대 승려이다. 원시의 제목이 번다해 번역

에서는 〈頌〉만 들어 〈노래〉라고만 했다. 마음이 가을 달과 같다고 해서, 없는 형상이 있게 했다. 가을 달은 무엇이든지 다 비춘다고 해서 형상이라도 형상이 아니라고 했다. 마음은 열려 있어 실체가 없다고 했다. "엇갈리는 빛만 온통 드러난다"고 해서 분별할 것은 분별한다고 했다.

월산대군(月山大君), 〈추강에 밤이 드니...〉

추강(秋江)에 밤이 드니 물결이 차노매라.
낚시 드리우니 고기 아니 무노매라.
무심한 달빛만 싣고 빈 배 저어 오노라.

월산대군은 한국 조선시대 왕자이다. 세조의 손자이고, 성종의 형이다. 세조의 사랑을 받고 자라났으나 왕위에 오르지 못하고 풍월로 세월을 보냈다. 풍월을 읊으며 강호에서 노니는 것은 다른 뜻이 없다는 의사표시이다.

낚시를 드리워 고기를 잡는다고 하지만 어업에 종사하자는 것은 아니다. 가어옹(假漁翁)이 되어 정치를 멀리하고자 했을 따름이다. 왕이 되었더라면 기대할 수 없는 깨끗한 이름을 단 한 편만 지은 시조에다 길이 남겼다. 자연과의 교감이 마음을 비운 상태에서 이루어지면 최상 경지의 아름다운 시가 이루어질 수 있다. 이 시조가 그 본보기가 된다.

제1·2행에서는 자기 나름대로 뜻한 바가 있어 자연과의 관계에서 차질을 빚어내다가, 자연이 달라지기를 바라지 않고 뜻한 바를 버리니 제3행에서는 자연과의 소통이 온전하게 이루어져 "무심한 달빛만 싣고 빈 배 저어 오노라"라고 하는 경지에 이르렀다. 배를 저어 가지 않고, 바라는 것 없이 배를 저어 온다고 했다. 배는 빈 배이고 달빛만 실었다고 했으며, 달빛이 무심한 달빛이라고 했다. 마음을 비운 무심의 경지가 어떤 것인지 잘 보여주었다.

움직이면서 고요하고, 가득하면서 텅 비고, 생성하면서 소멸되는 것이 자연의 총체적인 모습이고 근본적인 이치이다. 다른 생각은 내보내 마음을 비운 무심의 경지에서, 자연의 모습을 받아들이고 그 이치를 체득하면 괴로움과 즐거움의 구분을 넘어선다. 받아들여야 할 모습을 설명하고 체득해야 할 이치를 논하는 작업을 길게 하면 말이 지루하고 난삽해져 이해하기 어렵게 되는 폐단을 몇 마디 말로 산뜻하게 씻어주니 이런 시가 대단하다.

마쓰오 바쇼(松尾芭蕉), 〈**하이쿠**(俳句)〉

閑かさや岩にしみいる蟬の聲

石山の石より白し秋の風

此秋に何で年よる雲に鳥

此道や行人なしに秋の暮

고요함이여 바위에 스미는 매미의 소리.

이시야마의 돌보다 희다 가을 바람.

이 가을에는 어찌 늙는가, 구름 속에 새.

아 이 길이여, 가는 사람 없는 가을 저녁

이런 작품은 일본의 하이쿠(俳句)이다. 하이쿠는 글자 수가 5·7·5만으로 이루어 한국의 시조보다 훨씬 짧다. 마쓰오 바쇼가 하이쿠를 최상의 예술품으로 승격시켰다고 높이 평가된다. 본보기가 되는 작품 네 편을 들었다.

계절은 가을이고, 시간은 저녁이다. 시인은 길을 가면서 덧없이 사라지는 것들을 본다. 그래서 다가오는 허전함을 나타내는 짧은 말에 미세한 시선, 정밀한 감각, 오묘한 착상이 놀라울 정도로 잘 갖추어져 있어 잔잔한 감동을 준다. 월산대군의 〈추강에 밤이 드니...〉와 견주어보자. 자기 나름대로 뜻하는 바가 있어 자연과의 관계에서 차질을 빚어낸 제1·2연은 제거했으며, 제3연에서 자연과의 소통이 온전하게 이루어져 "무심한 달빛만 싣고 빈 배 저어 오노라"라고 한 경지만 남기고 움직임을 줄였다. 배를 젓는 것 같은 동작도 하지 않고, 소리를 듣고 모습을 보고 느낌을 나타내는 데 머무는 시를 지었다.

황진이(黃眞伊), 〈동짓달 기나긴 밤을...〉

동짓달 기나긴 밤을 한 허리를 베어내어
춘풍 이불 아래 서리서리 넣었다가
얼운 님 오신 날 밤이어든 굽이굽이 펴리라.

황진이는 한국 조선시대 기녀시인이다. 시조와 한시 양쪽에서 뛰어난 발상과 표현을 보여주었다. 이 시조에서는 보이지 않는 시간을 보이게 하고, 시간의 흐름을 그대로 두지 않고 마음대로 휘어잡고자 하는 불가능한 시도를 이중으로 했다.

보이지 않는 시간을 보이게 하는 작업을 "한 허리를 베어내어"라고 하는 데서 시작해 "서리서리 넣었다가" "굽이굽이 펴리라"에서 더욱 분명하게 했다. 님이 오는 봄밤은 짧고 님이 오지 않는 겨울밤은 긴 것이 어찌 할 수 없는 역설이라고 받아들이지 않고, 긴 밤의 허리를 잘라 짧은 밤의 이불 속에 넣었다가 편다고 하는 기발한 착상을 했다. "서리서리"와 "굽이굽이"에서 주어진 불행을 자아의 공간적 확대로 극복하는 의지를 나타냈다.

작자 미상, 〈창 내고자...〉

창 내고자 창을 내고자 이내 가슴에 창을 내고자
고모장지 세살장지 들장지 열장지 암톨쩌귀 수톨쩌귀
  배목걸쇠 크나큰 장도리로 뚝딱 박아 이내 가슴에 창
  내고자
이따금 하 답답할 제면 여닫아 볼까 하노라

　　작자 미상의 이 사설시조는 마음을 공간으로 나타내는 별난
방식을 보여준다. 마음은 가슴에 자리잡고 있고, 마음이 울적
하면 가슴이 답답해 창을 열듯이 열고 싶다고 한다. 이런 생각
을 흥미롭게 형상화해 창을 만드는 작업을 길게 말한다.
　　"고모장지 세살장지 들장지 열장지"에서 창의 종류를 열거
하고, "암톨쩌귀 수톨쩌귀 배목걸쇠"로 창을 기둥에다 붙이는
장치를 들고, "크나큰 장도리로 뚝딱 박아" 창을 만든다고 한
다. 창을 만드는 공사를 이렇게 진행한다고 상상하기만 해도
조금은 후련해질 수 있다. 비슷한 말을 이것저것 가져다 붙이
면서 웃음을 자아내다가 "이따금 하 답답할 제면 여닫아 볼까
하노라"라는 말로 결말을 삼는다. 가슴 답답한 것이 현재의 상
황이 아니고 미래의 가정이라고 하는 여유를 보였다. 기대하
는 효과가 바로 나타났다.

황석우, 〈두 배달부〉

태양은 남편, 달은 아내
둘은 생이별의 부부
그 둘의 생업은 배달부.
태양은 용맹스러운 정력을 배달하고
달은 평화로운 잠을 배달한다.

황석우는 한국 근대시인이다. 해와 달을 노래한 수많은 시에서 하지 못한 말을 분명하게 해서 충격을 준다. "생이별의 부부"와 "배달부"라는 진부한 일상어가 천고의 의문을 놀랄 만하게 해결하는 데 쓰였다.

김지하, 〈단시〉

내 가슴에 달이 들어
내 가난한 가슴에
보름달이 들어
고층 아파트 사이사이를
산책 가는 내 가슴에
가을달이 들어

김지하는 한국 현대시인이다. "내 가슴에 달이 들어"로 마음을 형상화하고 자기 안팎의 관계를 말했다. "고층 아파트 사이사이를 산책 가는"에서는 자기가 초라한 존재임을 알려 "가슴에 달이 들어"가 더 큰 의미를 가지게 했다.

김춘수, 〈꽃〉

내가 그의 이름을 불러주기 전에는
그는 다만
하나의 몸짓에 지나지 않았다.
내가 그의 이름을 불러주었을 때
그는 나에게로 와서
꽃이 되었다.

내가 그의 이름을 불러준 것처럼
나의 이 빛깔과 향기에 알맞은
누가 나의 이름을 불러 다오.
그에게로 가서 나도
그의 꽃이 되고 싶다.

우리들은 모두
무엇이 되고 싶다.
나는 너에게 너는 나에게
잊혀지지 않는 하나의 눈짓이 되고 싶다.

김춘수는 한국 현대시인이다. 이 시는 제목이 〈꽃〉이지만, 꽃의 아름다움을 노래하지는 않았다. 꽃을 예증으로 들어 없음이 있음으로 되는 과정을 형상화했다.

모든 존재는 다른 존재와의 관계에서, 다른 존재가 어떻게 받아들이는가에 따라서 의미를 가진다고 했다. 고립되어 있는 존재 그 자체는 "몸짓"에 지나지 않고, 다른 존재를 받아들여야 함께 있는 관계가 이루어져 "몸짓"이 "눈짓"이 된다고 했다. "몸짓"이 "눈짓"이게 하려면, 꽃을 꽃이라고 하듯이 이름을 불러주어야 한다. 이름을 불러주면 다가가서 "눈짓"이 된다고 했다.

마지막 줄의 "의미가 되고 싶다"를 "눈짓이 되고 싶다"로 개작했다. 앞의 "몸짓"과 뒤의 "눈짓"은 다르다. '몸짓'은 무의미한 관계이고, '눈짓'은 의미가 있는 관계이다.

엘리어트T. S. Eliot, 〈바람이 네 시에 일어났다The Wind Sprang Up at Four O'clock〉

The wind sprang up at four o'clock
The wind sprang up and broke the bells
Swinging between life and death

Here, in death's dream kingdom
The waking echo of confusing strife
Is it a dream or something else
When the surface of the blackened river
Is a face that sweats with tears?
I saw across the blackened river
The camp fire shake with alien spears.
Here, across death's other river
The Tartar horsemen shake their spears.

바람이 네 시에 일어났다.
바람이 일어나 잠을 깼다,
삶과 죽음 사이에서 흔들리던.
여기, 죽음 꿈속 왕국에서
깨어나 메아리치는 혼란스러운 다툼.
이것은 꿈인가 다른 무엇인가.
검게 된 강의 표면이
눈물에 젖은 얼굴인가?
검게 된 강 너머로
낯선 창검을 흔드는 모닥불을 보았다.
여기, 죽음의 다른 강 건너편에서
타타르 기병들이 창검을 뒤흔든다.

　엘리어트는 영국 출신의 미국 현대시인이다. 이 시에서 막연하게 불안에 사로잡힌 심리 상태를 형상화해 그림을 그리고, 영화의 한 장면 같은 것을 보여주기까지 했다. 새벽 네 시 자고 있는지 깨었는지 모르는 상태에서, 바람 부는 소리를 듣고 불길한 상념이 떠오른다고 했다. 삶과 죽음 사이에 있는 검게 된 강 너머로 타타르 기병들이 모닥불 주위를 돌면서 창검을 흔드는 환영이 보인다고 했다. 마음속 깊은 곳의 불안한 심리를 드러냈다.

제II장
절묘한 짜임새

이현보(李賢輔), 〈농암(聾巖)에 올라 보니...〉

농암(聾巖)에 올라 보니 노안(老眼)이 유명(猶明)이로다.
인사가 변한들 산천이야 가실까.
암전(巖前)에 모수모구(某水某丘) 어제 본 듯하여라

이현보는 한국 조선시대 유학자 관원이었다. 벼슬길에 나아
갔다가 고향으로 돌아가 이 시조를 지었다. 표면에 머무르지
않고 속속들이 이해하기 위해 몇 단계의 작업을 해보자.

먼저 문맥상의 의미를 살피자. 제1행에서 귀먹은 바위는 올
라선 노인과 어울린다. 노인도 귀를 먹어 듣지는 않고 보기만
하니 늙은 눈이 오히려 밝아진다고 했다. 제2행에서 벼슬길
에 나아가 겪다가 버려두고 떠나온 인사는 변해도, 향리로 돌
아가 다시 찾은 산천은 변하지 않았다고 했다. 귀 먹은 사람으
로 자처하면서 인사에는 관심을 가지지 않기로 하고서, 관심
의 대상을 바꾸어 산천을 바라보았다. 제3행에서는 본 지 오래
된 모수모구(某水某丘)를 두고, 시간의 경과를 넘어서서 어제
본 듯하다고 했다. 시간에 따라 변하는 인사의 삶과 시간의 흐
름을 넘어선 산천의 경지가 있다. 노인의 지혜를 갖추어야 거
기 이르니 늙은 눈이 오히려 밝아진다고 했다.

각 행을 이루는 글자 수와 긴요한 말을 나타내보자.

3	4	3	5
농암		노안	다

3	3	4	3
인사		산천	까

3	5	4	3
암전		어제	라

음절수의 배치에서 제1행 넷째 토막이 5로 늘어나 유장한 느낌을 주다가, 제2행 첫째 토막과 둘째 토막이 둘 다 3으로 줄어들어 긴장을 조성한다. 둘째 줄 첫 토막과 둘째 토막은 음절수가 다른 무질서의 질서를 어기고, 질서의 무질서를 나타냈다. 그러나 셋째 줄에서는 기준음절수를 되찾아 안정을 얻었다.

석 줄 모두 마지막 토막이 "ㅏ"로 끝나고, 석 줄 모두 첫째 토막과 셋째 토막에서, "ㄴ", "ㅅ", 모음과 "ㅈ"의 같은 음성이 되풀이되어 변화보다 반복을 중요시하는 안정감이 있다. 그러면서 첫째 줄의 "ㄴ"은 몽롱하고, 둘째 줄의 "ㅅ"은 산뜻하고, 셋째 줄의 모음과 "ㅈ"은 분명한 느낌을 준다. 반복되고 대칭이 되며 단계적인 전개가 분명한 구조를 통해서 잘 다듬어진 생각을 나타냈다. 혼란이나 모색 때문에 흔들리지 않는 단정하고 위엄 있는 자세를 보여준다.

문장 구조를 보자. 세 행이 각기 독립된 문장으로 이루어져 뚜렷이 구별되는 진술을 한다. 한 줄 안에서 끝나는 문장이나, 두 행에 걸린 어구가 없도록 해서 줄 단위로 생각을 정리했다. 제1행에서 늙은 눈이 오히려 밝아진다는 것은 납득할 수 없는 역설이다. 종결어미가 단정이어서 의문이 더 커지게 한다. 제2행에서 인사는 변해도 산천은 변하지 않음을 말했다. 제3행에서 노인의 지혜를 갖추어야 시간의 경과를 넘어선다는 것은 의미가 심화된 역설이다. 종결어미가 감탄이어서 발견의 감격에 동참하게 한다.

작품 전편에서 삶에는 두 국면이 있다는 것을 "인사"와 "산천"이라는 말로 나타냈다. 인사는 시간의 흐름을 좇아 살아가는 이해상충(利害相衝)의 영역이다. 산천은 시간의 흐름을 초월해서 움직이지 않는 적연부동(寂然不動)의 경지이다. 앞의 것에서 뒤의 것으로 나아간다고 했다. 인사와 산천은 서로 배척하니 상극의 관계에 있다. 그러나 인사 때문에 산천을 되찾을 수 있게 되었으니 그 둘은 상생의 관계도 가진다. 젊은 시절에 버려두고 간 산천과 늙어서 되찾은 산천은 의미가 다르다. 앞의 산천은 인사와 상극의 관계만 가지고, 뒤의 산천은 인사와 생극의 관계를 가진다.

최호(崔顥), 〈황학루(黃鶴樓)〉

昔人已乘黃鶴去
此地空餘黃鶴樓
黃鶴一去不復返
白雲千載空悠悠
晴川歷歷漢陽樹
芳草萋萋鸚鵡州
日暮鄕關何處是
煙波江下使人愁

옛 사람이 이미 황학을 타고 떠나고,
이곳에는 빈 황학루만 남아 있네.
황학은 한번 떠나더니 돌아오지 않고,
흰 구름만 천년이나 유유히 떠도네.
맑은 냇물에 한양의 나무 선명하고,
향기로운 풀 앵무주에 우거져 있네.
저문 날에 내 고향 가는 길 어디인가?
강 아래의 안개 수심에 잠기게 하네.

중국 당나라 시인 최호가 남긴 이 작품은 중국 시의 절정인 당시(唐詩) 가운데 가장 빼어나다고 알려져 있다. 이백(李白)이 비슷하게 짓고는 따르지 못한다고 시인했다고 한다. 황학루라는 이름의 정자를 찾아가 보이는 경관을 그리고, 전설을 근거로 삼아 상상을 보탰다. 소재, 전개, 표현 등 여러 요소가 적절하게 어울려 깊은 감동을 자아낸다.

"황학루"는 호북성(湖北省) 무창(武昌)에 있는 정자이다. 신선이 황학을 타고 들렀다가 갔다는 전설이 있어 황학루라고 한다. 황학은 현실을 떠난 신선의 세계에 있는 새이다. "한양"은 무창에서 보이는, 양자강 건너편의 지명이다. "앵무주"는 양자강 가운데 모래톱에 있는 섬이다. "고향 가는 길"이라고 번역한 "향관"(鄕關)은 고향 관문이다. 고향으로 가려면 관문을 지나야 한다.

"옛 사람이 이미 황학을 타고 떠나고, 이곳에는 빈 황학루만 남아 있네"라는 한 구절에 무한과 유한, 과거와 현재, 피안과 차안, 동작과 정지, 충만과 공허라고 분석할 수 있는 여러 층위의 대립이 복합되어 있다. 사람은 유한한 현재, 차안의 정지되어 있는 공허가 불만스러워, 무한한 과거, 피안의 충만된 동작을 동경한다. 이렇게 동경하는 바를 신선은 이루었다고 여기는 것이 중국에서 유래한 동아시아의 전통이다. 신선은 대자연과의 소통을 최대한 실현해 마침내 대자연과 하나가 된 유구한 삶을 누린다고 인정했다.

"황학은 한번 떠나더니 돌아오지 않고, 흰 구름만 천년이나 유유히 떠도네"라고 한 데서는 구름이 무한과 유한, 과거와 현재, 피안과 차안, 동작과 정지, 충만과 공허 사이의 중간물이어서 양쪽을 연결시킨다고 했다. 구름은 무한하면서 유한하고, 과거이면서 현재이고, 피안과 차안에 걸쳐 있으면서, 동작과 정지, 충만과 공허를 함께 보여준다. "천년이나 유유히 떠도네"라는 말을 적절하게 선택해 무한하면서 유한한 시간, 동작과 정지, 충만과 공허의 이중성을 잘 나타냈다.

사람은 황학을 탄 신선도 아니고 하늘에 떠도는 구름도 아니다. 유한한 현재의 차안에서 살아가면서 주어진 한계 안에서 위안을 찾는다고 했다. 주위에 볼 수 있는 것들에서 아름다움을 찾고, 고향으로 돌아가 수심에서 벗어나고자 한다고 했다. "옛 사람이 이미 황학을 타고 떠나고"라고 할 때는 최대한 높인 시선을 "강 아래의 안개 수심에 잠기게 하네"라고 하면서

최대한 낮추었다. 자연과 교감하는 범위를 측정해 인간 존재의
진폭을 알아본 것이 이 시의 궁극적인 의미라고 할 수 있다.

박은(朴誾), 〈복령사(福靈寺)〉

伽藍却是新羅舊
千佛皆從西竺來
終古神人迷大隗
至今福地似天台
春陰欲雨鳥相語
老樹無情風自哀
萬事不堪供一笑
靑山閱世只浮埃

절은 바로 신라 적부터 있어 오래 되었고,
천 분이나 되는 부처 서쪽 천축에서 왔도다.
옛적 신인은 대외를 찾다가 길을 잃었다는데,
지금 이곳의 복지는 천태산과 흡사하구나.
봄이 그늘져 비가 오려 하니 새들은 지저귀고,
늙은 나무 무정하기만 한데 바람이 홀로 슬프다.
세상만사란 한 번 웃음거리도 되지 못하고,
세월을 겪어온 청산은 먼지 위에 떠 있네.

이 시를 지은 한국 조선시대 시인 박은은 짧은 생애를 불우
하게 살았다. 14세에 이미 문장으로 이름이 나고 17세에 과거
에 급제할 정도로 조숙했다. 관직에 나아갔다가 유자광(柳子
光) 일파를 규탄하다가 파직당하고, 갑자사화에 걸려들어 귀양
갔다가 25세의 나이로 사형당했다. 유고집이 편찬되어 뛰어난
시인이라고 칭송되었다.
널리 알려진 이 작품 〈복령사〉는 복령사라는 절을 찾아가 보
이는 모습과 그 주위의 풍경을 예민한 감각으로 묘사하면서 선

뜻 이해되지 않는 난삽한 고사를 곁들였다. 앞에서 든 최호, 〈황학루〉처럼 순탄하게 읽히지 않아 생각을 많이 해보아야 하는 까다로운 시인데, 한국 한시에서 가장 빼어난 작품이라고 평가된다. 서정시가 어디까지 나아갈 수 있는지 알려준다고 보아도 좋다.

"절은 바로 신라 적부터 있어 오래 되었고, 천 분이나 되는 부처 서쪽 천축에서 왔도다"고 한 것은 사실을 있는 그대로 말한 것 같지만 새겨보아야 할 의미가 있다. 지금 이곳이 오랜 과거나 먼 타지와 연결되어 있다고 알려주려고 했는가? 지금 이곳에서 받드는 것이 실상이라기보다는 오히려 가상이어서 대단하게 여길 필요가 없다고 한 어투라고 보는 편이 더욱 타당하다.

그 다음에 무슨 말을 했는지 알려면 고사에 관한 지식이 필요하다. 옛적 신인(神人)이라고 하는 황제(黃帝)는 대외(大隗)라는 곳을 찾다가 길을 잃었다고 하는데, 지금의 범속한 인물인 자기는 복령사까지 올라가기도 힘들다고 했다. 그런데 올라가보니, 복령사는 이름에 들어 있는 복자가 헛되지 않게 신선이 사는 천태산과 같다고 했다. 알기 쉬운 "신라"와 "천축", 이해하기 힘든 "신인"과 "천태"를 호응시켜 과거와 현재, 문화의 원류와 현상 사이의 연관을 말했다고 할 것인가? 양쪽을 연결시켜보니 구분하고 평가하는 것이 허망하다고 했다고 하는 편이 적합하다.

그 뒤에는 절 주위의 풍경에 대해서 보고 느끼는 그대로 말하면서 앞뒤가 달라지도록 했다. "봄이 그늘져 비가 오려 하니 새들은 지저귀고, 늙은 나무 무정하기만 한데 바람이 홀로 슬프다"에서, 비와 새, 나무와 바람을 대조시켜 노래한 대목은 뛰어난 감각의 극치를 보여준다. "세상만사란 한 번 웃음거리도 되지 못하고, 세월을 겪어온 청산은 먼지 위에 떠 있네"에서는 모든 것이 허무하다는 생각을 막연한 말로 나타냈다. 그렇게 해서 작은 것과 큰 것, 구체적인 것과 추상적인 것의 극단적인 대조를 보여주었다.

　세상만사란 한 번 웃음거리도 되지 못하고, 세월을 겪어온 청산은 먼지 위에 떠 있다고 단정한 것은 충격적인 발언이다. 갑자기 그런 말을 해서 독자를 당황하게 하고 시를 끝냈다. 뒤에 다른 말이 더 없으니 앞을 다시 보아야 한다. 다시 읽으면 이 시는 복령사의 모습을 그린다 하고 무엇이든지 거리를 두고 바라보면서 장난거리로 삼는 심리를 나타냈다. 역사도 종교도, 인정도 세태도 모두 허망하다고 여기는 절망에서 벗어나기 위해 표현 기교를 절대시하게 되었다. 절망이 기교를 낳는다는 원리를 알아차리게 한다.

셸리 Percy Bysshe Shelly, 〈음악, 부드러운 음성이 사라질 때 Music, When Soft Voices Die〉

Music, when soft voices die,
Vibrates in the memory−
Odors, when sweet violets sicken,
Live within the sense they quicken.

Rose leaves, when the rose is dead,
Are heaped for the beloved's bed;
And so thy thoughts, when thou art gone,
Love itself shall slumber on.

음악은 포근한 음성이 사라지면
기억에 남아 있어 진동하고,
향기는 아리따운 오랑캐꽃이 병들면
더욱 짙은 느낌으로 살아난다.

장미 꽃잎은 장미가 죽으면
애인의 침상을 위해 쌓이고,

그대 생각은, 그대가 가면
남은 사랑 위에서 잠들리라.

　영국 낭만주의 시인 쉘리는 이렇게 노래했다. 앞에서 든 괴
테의 [위안 33]에서처럼 움직임과 고요함의 관계를 살펴, 고
요함이 움직임이라고 했다. 유럽인은 고요함을 폄하하고 움직
임을 선호하는 성향이 있다. 낭만주의는 움직임을 열띠게 예
찬하는 운동이었다. 그러나 움직임이 지나치면 고요함이 소중
하게 된다는 것을 슬기로운 시인이라면 알아차리게 마련이다.
그러면 시가 최상의 경지에 이른다. 괴테는 낭만적인 열정을
자랑하다가 고전주의로 나아갔으며, 시를 지은 쉘리는 낭만주
의의 절정에서 호흡을 조절했다.

말라르메Stephane Mallarmé, 〈숨결Soupir〉

Mon âme vers ton front où rêve, ô calme soeur,
Un automne jonché de taches de rousseur,
Et vers le ciel errant de ton oeil angélique
Monte, comme dans un jardin mélancolique,
Fidèle, un blanc jet d'eau soupire vers l'Azur!
...Vers l'Azur attendri d'octobre pâle et pur
Qui mire aux grands bassins sa langueur infinie
Et laisse, sur l'eau morte où la fauve agonie
Des feuilles erre au vent et creuse un froid sillon,
Se trainer le soleil jaune d'un long rayon.

내 영혼은 그대를 향해 올라간다, 오 조용한 누이여.
갈색 반점 찍힌 가을이 꿈꾸는 그대의 이마를 향해,
천사 같은 그대 눈에서 떠도는 하늘을 바라보면서.
우수에 찬 정원에서 뿜어 나오는 하얀 분수가
성실한 자세로 창공을 향해 오르는 숨결처럼,

... 파리하게 맑은 시월의 부드러운 창공으로.
커다란 웅덩이마다 무한한 권태가 반사되고,
야수가 괴로워하고 있는 죽은 물 위로
잎새가 바람에 날리면서 차가운 고랑을 파고,
노란 태양이 긴 빛을 드리우는 곳으로.

말라르메는 프랑스 상징주의 시인이다. 이것은 말라르메가 역량을 한껏 발휘해 아주 정교하게 만든 작품이다. 시상을 복합시켜 많은 것을 함축하고 있으므로 잘 뜯어보아야 하고, 번역하기 아주 어렵다. 분석해 이해하는 능력을 갖추고 접근해야 한다. 분석해 낸 층위를 (가) · (나) · (다)로 구분할 수 있다.

(가) 우선 대강 살피면 이 작품은 가을 풍경화이다. "갈색 반점 찍힌 가을", "우수에 찬 정원에서 뿜어 나오는 하얀 분수"에 그 뒤의 다른 말을 보태 가을 풍경화를 인상 깊게 그렸다. "야수가 괴로워하고 있는 죽은 물"은 낙엽이나 다른 오물이 바람에 날리면서 썩어가는 물웅덩이를 감각적으로 묘사한 말이다. 동시대에 활동하면서 가까이 지낸 인상파 화가들이 사용한 소재와 수법으로 뛰어난 풍경화를 그려, 두고두고 애독할 만하다.

(나) 다시 보면 시로 그린 인물화이다. "조용한 누이"라고 한 연인을 등장시켜 풍경화가 인물화이기도 하게 했다. 그러나 풍경에다 인물을 넣어 그린 것은 아니다. 그림에서는 가능하지 않고 시에서는 가능한 방법을 사용해 "갈색 반점 찍힌 가을이 꿈꾸는 그대의 이마를 향해, 천사 같은 그대 눈에서 떠도는 하늘을 바라보면서"에서는 풍경과 인물이 겹치도록 하고 같아지게 했다. 연인을 향하는 마음을 풍경을 그려 나타내는 상징주의 수법의 본보기를 보여주었다.

(다) 깊이 새겨 읽으면 정신의 상승과 하강을 말한 사상시이다. "올라간다", "바라보면서", "창공을 향해", "창공으로" 등의 말을 사용하면서 상승선을 그었다. 그 다음에는 낮은 데 있

는 것들을 등장시키고 태양도 "긴 빛을 드리우는" 모습으로 그려 하강선을 그렸다. 상승해서 추구하는 바가 이루어지지 않아 하강한다고 하는 것으로 작품이 전개된다. "창공"을 상승의 정점으로 삼다가, 하강이 "야수가 괴로워하고 있는 죽은 물"에까지 이르렀다. "창공"이라고 번역한 말 "Azur"는 대문자로 표기한 특수한 단어이다. 시에서 추구하고자 하는 이상인 절대적인 아름다움을 상징하는 말이다. 이상을 추구하다가 뜻을 이루지 못하고 하강한다는 것이 이 시의 깊은 의미이다.

그래서 파탄에 이른 것은 아니다. "야수가 괴로워하고 있는 죽은 물"로 실패의 고통을 나타내고, "잎새가 바람에 날리면서 차가운 고랑을 파고"라는 말을 덧붙여 고통을 잊을 수 없다고 하고서는 평온을 찾았다. "노란 태양이 긴 빛을 드리우는"이라고 한 마지막 줄에서는 하강하는 것이 당연하다고 받아들였다. 서두로 돌아가 다시 읽으면, 이루어지지 않으리라는 것을 알고서 이상을 동경하고 희구하는 것으로 만족한다고 했다. 사람은 상상하는 바와 같이 창공에 올라갈 수 없으므로, 정다운 풍경이나 사랑하는 사람에게서 위안을 얻으면서 이상의 소중함도 잊지 않고 살아간다고 했다.

김영랑, 〈내 마음의 어딘 듯 한편에〉

내 마음의 어딘 듯 한편에 끝없는
　　　강물이 흐르네.
도처 오르는 아침 날빛이 빤질한
　　　은결을 돋우네.
가슴엔 듯 눈엔 듯 또 핏줄엔 듯
　　　마음이 도른도른 숨어 있는 곳
내 마음 어딘 듯 한편에 끝없는
　　　강물이 흐르네.

김영랑은 한국 근대시인이다. 이 시를 《시문학》(詩文學) 창간호에 〈동백 잎에 빛나는 마음〉이라는 제목으로 발표하고, 《영랑시집》(永郎詩集)에 수록할 때에는 제목 없이 1번이라는 번호만 붙였다. 서두와 결말에서 "내 마음 어딘 듯 한편에 끝없는 강물이 흐르네"라는 말을 되풀이하고, 다른 말을 중간에 넣은 단순한 작품 같지만, 마음의 울림을 오묘한 짜임새를 갖추어 나타낸 수법이 뛰어나다.

율격의 변형이 오묘한 짜임새의 핵심을 이룬다. 율격 단위의 띄어쓰기를 한 원문을 그대로 옮기고, 세 토막이 끝난 곳에 / 표시를 하면 다음과 같다. 한 줄이 세 토막씩인 규칙적인 정형시 (가)를 변형시켜 (나)를 만들고, 내어 쓴 줄도 있고 들여 쓴 줄도 있어 산만한 자유시처럼 보이도록 했다.

(가)

(1) 내마음의 어딘듯 한편에/
　　끝없는 강물이 흐르네./
(2) 도처오르는 아침 날빛이/
　　빤질한 은결을 돋우네./
(3) 가슴엔듯 눈엔듯 또핏줄엔듯/
　　마음이 도른도른 숨어있는곳/
(4) 내마음 어딘듯 한편에/
　　끝없는 강물이 흐르네./

(나)

(1) 내마음의 어딘듯 한편에/ 끝없는
　　　　강물이 흐르네./
(2) 도처오르는 아침 날빛이/ 빤질한
　　　　은결을 돋우네./

(3) 가슴엔 듯 눈엔 듯 또 핏줄엔 듯/

    마음이 도른도른 숨어있는곳/

(4) 내마음 어딘듯 한편에/ 끝없는

    강물이 흐르네./

"끝없는", "빤질한", "끝없는"은 다음 줄에 있어야 할 말인데 앞에다 끌어다붙여, 세 토막 두 줄을 네 토막 한 줄과 두 토막 한 줄로 만들었다. (3)의 두 줄에서는 세 토막을 그대로 두었다. 네 토막이 된 세 줄은 내어 쓰고, 두 토막이나 세 토막인 줄은 들여 썼다.

율격 변형은 내용과 밀착되어 있다. 첫 줄 "내마음의 어딘듯 한편에 끝없는"에서는 어둠 속에서 막연하게 떠오르던 느낌이 둘째 줄 "강물이 흐르네"에 이르러 선명해진 것을 네 토막이 두 토막으로 줄어든 변화를 통해 나타냈다. 동일한 전개 방식을 (2)에서는 말을 바꾸어 보여주었다. (2)에서 "돋아 오르는 아침 햇빛이 뻔질한"이라고 하지 않고 "도처 오르는 아침 날빛이 빤질한"이라고 한 날카로운 말이 "은결을 돋우네"로 이어져, (1)에서 말한 느낌이 고양되어 금속성의 광채를 지니게 되었다고 했다. "가슴엔 듯 눈엔 듯 또 핏줄엔 듯", "마음이 도른도른 숨어 있는 곳"에서는 세 토막을 원래의 모습대로 반복하면서 한껏 고조된 감흥을 전했다. 앞에서 한 말을 되풀이해 하강한 상태에서 마무리하고, 변화가 거듭 일어날 수 있게 열어 놓았다.

이 시는 산문으로 옮겨 설명할 내용이 없다. 마음에서 떠오르는 특정한 사연을 지니지 않은 느낌을, 반복과 변화, 불명과 선명, 어둠과 광채, 하강과 고조를 갖추어 형상화해 음악에 최대한 다가갔다. 시는 음악이어야 한다면서 생각을 복잡하게 해서 난해해진 작품과는 판이하게, 누구나 쉽게 받아들여 마음속의 음악으로 삼을 수 있게 했다.

조지훈, 〈낙화〉

꽃이 지기로소니
바람을 탓하랴.

주렴 밖에 성긴 별이
하나 둘 스러지고

귀촉도 울음 뒤에
머언 산이 다가서다.

촛불을 꺼야 하리
꽃이 지는데

꽃 지는 그림자
뜰에 어리어

하이얀 미닫이가
우련 붉어라.

묻혀서 사는 이의
고운 마음을

아는 이 있을까
저허하노니

꽃 지는 아침은
울고 싶어라.

조지훈은 한국 현대시인이다. 산속에서 자연과 더불어 살면
서 얻는 황홀한 느낌을 적절한 어휘를 배열해 인상이 선명하게

나타냈다. 시각적 전달이 마음속으로 들어와 독자의 마음을 격동한다.

박재삼, 〈소곡(小曲) 9〉

먼 나라로 갈까나
가서는 허기져
콧노래나 부를까나

이왕 억울한 판에는
아무래도 우리나라보다
더 서러운 일을
뼈에 차도록 당하고 살까나

고향의 뒷골목
돌담 사이 풀잎모양
할 수 없이 솟아서는
남의 손에 뽑힐 듯이 뽑힐 듯이
나는 살까나

　박재삼은 한국 현대시인이다. 어디 가서 어떻게 살아야 할 것인가 하는 고민을 흥겨운 가락을 만들어 들려주었다. 한이 신명이고 신명이 한이다.

제12장
간절한 희구

괴테Johann Wolfgang von Goethe, 〈방랑자의 밤 노래 2Wanderers Nachtlied 2〉

Über allen Gipfeln
Ist Ruh,
In allen Wipfeln
Spürest du
Kaum einen Hauch;
Die Vögelein schweigen in Walde.
Warte nur, balde
Ruhest du auch.

모든 산꼭대기 그 위에
휴식이 있고,
모든 나무꼭대기에서
너는 느끼지 않는다,
어떤 숨결도.
새들도 숲에서 침묵하고 있다.
오직 기다리기만 하면, 곧
너도 휴식한다.

　괴테는 독일 근대 고전주의 시인이다. 이 시에서 방랑자는 피곤해 휴식을 간절하게 바란다고 말했다. 흔히 있는 방랑자 노래를 기억하면 무엇이 생략되어 있는지 알 수 있다. 말을 짧게 하려고 방랑을 끝내야 하는 단계로 바로 들어갔다.
　"산꼭대기 그 위에"는 방랑자가 도달하기를 희구하는 곳이 겠는데, 거기 다른 무엇이 아닌 휴식이 있다고 해서 휴식이 최상의 목표라고 했다. "나무꼭대기"는 "산꼭대기" 다음으로 높아 거쳐 가야 할 중간 지점이다. 그곳에서 어떤 숨결도 느껴지지 않는다고 한 것은 모든 것이 정지되어 있음을 알아야 한다는 말이다. "새들도 숲에서 침묵하고 있다"고 한 말은 새들은 이제 날아다니지 않고 울지도 않고 잠들어 있다는 뜻을 내포한다. 방랑자도 새들처럼 휴식하는 것이 마땅하다고 했다. 아직도 휴식하지 못하고 있는 방랑자에게 오직 기다리기만 하면 뜻을 이룰 수 있다고 했다.

사람은 가만있지 못하고 계속 움직인다. 모험하고 탐구하고 발견하고 창조하고자 한다. 그 모든 작업이 보람 있지만, 휴식이 더욱 소중하다. 움직임에서 고요함으로 나아가, 있음에 대한 집착을 버리고 없음이 소중한 줄 알면 높은 경지에 이른다. 이 시는 방향 전환의 출발점을 찾아 마음에 절실하게 와 닿는 몇 마디 말로 전해주었다

워드워즈William Wordsworth, 〈내가 무지개를 볼 때When I Behold the Rainbow〉

My heart leaps up when I behold
A rainbow in the sky:
So was it when my life began;
So is it now I am a man;
So be it when I shall grow old,
Or let me die!
The Child is father of the Man;
I could wish my days to be
Bound each to each by natural piety.

내 가슴은 뛴다, 하늘의
무지개를 바라보면.
내 생명이 시작할 때에도 그랬고,
어른이 된 지금도 그러니,
늙어서도 그러리라.
아니면 내가 죽게 하라.
아이는 어른의 아버지이다.

내 삶의 하루하루가
자연의 경건함으로 이어졌으면.

　워드워즈는 영국 낭만주의 시인이다. 이 시에서 무지개를 보
고 자연의 경건함을 느끼고 감격하는 삶이 아이 적에 시작해
성인이 되고 노년이 될 때까지 이어지기를 바랐다. 아이 적의
감격이 가장 크므로, 아이는 어른의 아버지라고 했다. 그 감격
을 잃는 자기는 죽게 하라고 했다.

김현승, 〈절대고독 9〉

나는 이제야 내가 생각하던
영원의 먼 끝을 만지게 되었다.
그 끝에서 나는 하품을 하고
비로소 나의 오랜 잠을 깼다.

내가 만지는 손끝에서
아름다운 별들은 흩어져 빛을 잃지만
내가 만지는 손끝에서
나는 무엇인가 내게로 더 가까이 다가오는
따스한 체온을 느낀다.

그 체온으로 내게서 끝나는 영원의 먼 끝을
나는 혼자서 내 가슴에 품어 준다.
나는 내 눈으로 이제는 그것들을 바라본다.

그 끝에서 나의 언어들을 바람에 날려 보내며,
꿈으로 고이 안을 받친 내 언어의 날개들을
이제는 티끌처럼 날려 보낸다.

나는 내게서 끝나는

무한의 눈물겨운 끝을

내 주름잡힌 손으로 어루만지며 어루만지며,

더 나아갈 수 없는 그 끝에서

드디어 입을 다문다.... 나의 시(詩)는.

　김현승은 한국 현대시인이다. 종교적인 이상을 추구하는 시를 쓰는 것을 특징으로 하는데 이 시도 좋은 본보기이다. "영원의 먼 끝"을 만지게 되었다는 것은 깨어 있다는 말인데, "비로소 오랜 잠을 깬다"고 했다. "별들이 흩어져 빛을 잃지만"이라고 하고, "따스한 체온을 느낀다"고 했다. 그 어느 쪽이라고 말할 수 없는 궁극의 영역에 이르렀다는 것이다. 그 궁극의 영역을 체온으로 느끼고, 언어로 감지하고, 손으로 어루만지기조차 하니 시는 입을 다물어야 한다고 한다.

타고르Rabindranath Tagore, 〈종이배 Paper boats〉

Day by day I float my paper boats one by one down the
　running stream.

In big black letters I write my name on them and the name
　of the village where I live.

I hope that someone in some strange land will find them and
　know who I am.

I load my little boats with shiuli flowers from our garden, and
　hope that these blooms of dawn will be carried safely to
　land in the night.

I launch my paper boats and look up into the sky and see the
　little clouds setting their white bulging sails.

I know not what playmate of mine in the sky sends them
　down the air to race with my boats!

When night comes I bury my face in my arms and dream that

my paper boats float on and on under the midnight stars.
The fairies of sleep are sailing in them, and the lading is their
  baskets full of dreams.

날마다 나는 종이배를 하나씩 흐르는 물에 띄워 보낸다.
크고 검은 글씨로 나는 종이배 위에 내 이름과 내가 사는
  마을 이름을 적어 놓는다.
낯선 나라 누군가가 내 배를 발견하고 내가 누구인지 알
  아주길 바라고 있다.
나는 우리 집 정원에서 따온 슐리꽃을 내 작은 배에 싣
  고, 이 새벽의 꽃들이 밤의 나라로 무사히 실려 가길 바
  라고 있다.
나는 종이배를 띄우고 하늘을 보고, 바람 안은 흰 돛 모
  양의 조각구름을 바라본다.
하늘의 내 또래 장난꾼이 내 배와 경주하기 위하여 바람
  을 구름에 날리는지 알 수 없다!
밤이 오면 나는 얼굴을 팔 안에 묻고 한밤의 별 아래 내
  종이배가 흘러가는 꿈을 꾼다.
잠의 요정들이 그 배에 노를 젓고 짐은 꿈으로 가득 찬
  바구니이다.

인도 근대시인 타고르는 다음에 드는 랭보의 〈취한 배〉와 비
슷한 발상을 갖춘 이런 시를 지었다. 종이배를 만들어 띄우면
서 멀리 가고 싶은 소망을 담는 것 같다. 하늘, 바람, 구름,
별을 향해 나아간다고 하는 것도 다르지 않다.

타고르는 종이배를 띄우기만 하고 자기는 나아가지 않았다.
종이배가 자기를 대신해 자기가 가고 싶은 곳으로 가기를 바랐
다. 종이배가 멀리 가서 "낯선 나라 누군가가 내 배를 발견하
고 내가 누구인지 알아주길 바라고 있다"고 했다.

소망이 이루어지지 않아도 좌절은 없다. 꿈에서 깨어나는 환멸
도 없다. 소망이 그 자체로 소중하고, 꿈이 아름다울 따름이다.

랭보Artur Rimbeaud, 〈취한 배 Bateau ivre〉

Comme je descendais des Fleuves impassibles,
Je ne me sentis plus guidé par les haleurs :
Des Peaux—Rouges criards les avaient pris pour cibles
Les ayant cloués nus aux poteaux de couleurs.

J'étais insoucieux de tous les équipages,
Porteur de blés flamands ou de cotons anglais.
Quand avec mes haleurs ont fini ces tapages
Les Fleuves m'ont laissé descendre où je voulais.

Dans les clapotements furieux des marées
Moi l'autre hiver plus sourd que les cerveaux d'enfants,
Je courus ! Et les Péninsules démarrées
N'ont pas subi tohu—bohus plus triomphants.

La tempête a béni mes éveils maritimes.
Plus léger qu'un bouchon j'ai dansé sur les flots
Qu'on appelle rouleurs éternels de victimes,
Dix nuits, sans regretter l'oeil niais des falots !

Plus douce qu'aux enfants la chair des pommes sures,
L'eau verte pénétra ma coque de sapin
Et des taches de vins bleus et des vomissures
Me lava, dispersant gouvernail et grappin

Et dès lors, je me suis baigné dans le Poème
De la Mer, infusé d'astres, et lactescent,
Dévorant les azurs verts ; où, flottaison blême
Et ravie, un noyé pensif parfois descend ;

Où, teignant tout à coup les bleuités, délires
Et rythmes lents sous les rutilements du jour,

Plus fortes que l'alcool, plus vastes que nos lyres,
Fermentent les rousseurs amères de l'amour !

Je sais les cieux crevant en éclairs, et les trombes
Et les ressacs et les courants : Je sais le soir,
L'aube exaltée ainsi qu'un peuple de colombes,
Et j'ai vu quelque fois ce que l'homme a cru voir !

J'ai vu le soleil bas, taché d'horreurs mystiques,
Illuminant de longs figements violets,
Pareils à des acteurs de drames très—antiques
Les flots roulant au loin leurs frissons de volets !

J'ai rêvé la nuit verte aux neiges éblouies,
Baiser montant aux yeux des mers avec lenteurs,
La circulation des sèves inouïes,
Et l'éveil jaune et bleu des phosphores chanteurs !

J'ai suivi, des mois pleins, pareille aux vacheries
Hystériques, la houle à l'assaut des récifs,
Sans songer que les pieds lumineux des Maries
Pussent forcer le mufle aux Océans poussifs !

J'ai heurté, savez—vous, d'incroyables Florides
Mêlant aux fleurs des yeux de panthères à peaux
D'hommes ! Des arcs—en—ciel tendus comme des brides
Sous l'horizon des mers, à de glauques troupeaux !

J'ai vu fermenter les marais énormes, nasses
Où pourrit dans les joncs tout un Léviathan !
Des écroulement d'eau au milieu des bonaces,
Et les lointains vers les gouffres cataractant !

Glaciers, soleils d'argent, flots nacreux, cieux de braises !

Échouages hideux au fond des golfes bruns
Où les serpents géants dévorés de punaises
Choient, des arbres tordus, avec de noirs parfums !

J'aurais voulu montrer aux enfants ces dorades
Du flot bleu, ces poissons d'or, ces poissons chantants.
— Des écumes de fleurs ont bercé mes dérades
Et d'ineffables vents m'ont ailé par instants.

Parfois, martyr lassé des pôles et des zones,
La mer dont le sanglot faisait mon roulis doux
Montait vers moi ses fleurs d'ombre aux ventouses jaunes
Et je restais, ainsi qu'une femme à genoux...

Presque île, balottant sur mes bords les querelles
Et les fientes d'oiseaux clabaudeurs aux yeux blonds
Et je voguais, lorsqu'à travers mes liens frêles
Des noyés descendaient dormir, à reculons !

Or moi, bateau perdu sous les cheveux des anses,
Jeté par l'ouragan dans l'éther sans oiseau,
Moi dont les Monitors et les voiliers des Hanses
N'auraient pas repêché la carcasse ivre d'eau ;

Libre, fumant, monté de brumes violettes,
Moi qui trouais le ciel rougeoyant comme un mur
Qui porte, confiture exquise aux bons poètes,
Des lichens de soleil et des morves d'azur,

Qui courais, taché de lunules électriques,
Planche folle, escorté des hippocampes noirs,
Quand les juillets faisaient crouler à coups de triques
Les cieux ultramarins aux ardents entonnoirs ;

Moi qui tremblais, sentant geindre à cinquante lieues
Le rut des Béhémots et les Maelstroms épais,
Fileur éternel des immobilités bleues,
Je regrette l'Europe aux anciens parapets !

J'ai vu des archipels sidéraux ! et des îles
Dont les cieux délirants sont ouverts au vogueur :
— Est-ce en ces nuits sans fond que tu dors et t'exiles,
Million d'oiseaux d'or, ô future Vigueur ? —

Mais, vrai, j'ai trop pleuré ! Les Aubes sont navrantes.
Toute lune est atroce et tout soleil amer :
L'âcre amour m'a gonflé de torpeurs enivrantes.
Ô que ma quille éclate ! Ô que j'aille à la mer !

Si je désire une eau d'Europe, c'est la flache
Noire et froide où vers le crépuscule embaumé
Un enfant accroupi plein de tristesses, lâche
Un bateau frêle comme un papillon de mai.

Je ne puis plus, baigné de vos langueurs, ô lames,
Enlever leur sillage aux porteurs de cotons,
Ni traverser l'orgueil des drapeaux et des flammes,
Ni nager sous les yeux horribles des pontons.

나는 무심한 강을 따라 내려가면서
선원들이 조종하는 느낌이 아니었다.
시끄러운 홍인종의 무리가 노렸다가 잡아
색색 기둥에다 발가벗겨 묶었으니.

나는 선원들에게 관심이 없었다.
프랑드르 밀, 영국 목화를 나르든.
떠들썩한 소동이 끝나고 나자

강이 나를 원하는 대로 데려갔다.

조수에 밀려 거세게 출렁이면서
지난 겨울, 아이들보다 더 멍청하게
나는 달렸다! 반도들이 떨어져나가
시끄러운 소리를 자랑스럽게 냈다.

바다에서 깨어난 것을 폭풍이 축복하자
나는 병마개처럼 가볍게 춤을 추었다,
영원히 굴러다니는 희생자라는 물결 따라.
멍청한 불빛 열흘 밤이나 그리워하지 않으면서.

아이들이 먹는 사과 속살보다 더 달콤한
초록빛 물이 내 전나무 선체에 넘어들어
포도주 자국, 토해낸 흔적 씻어내고,
키와 닻이 모두 떠내려가게 했다.

그때부터 나는 바다의 시에서 헤엄쳤다.
별이 젖빛으로 잠기고, 창공을 삼킨 곳에
이따금 떠내려오는 창백하고 홀린 듯한
부유물이 상념에 잠긴 익사자이다.

거기서 갑자기 푸르게 착색되면서
한낮의 붉은빛을 받는 착란과 긴 리듬이
술보다 강하게, 음악보다도 넓게
쓰디쓴 사랑을 적갈색으로 발효시켰다.

나는 안다, 섬광으로 찢어지는 하늘,
소용돌이, 다시 밀려오는 파도, 해류를.
나는 안다, 저녁, 비둘기떼처럼 격앙된 새벽을.

나는 가끔 보았다, 사람들이 보았다고 생각하는 것을.

나는 보았다. 신비스러운 공포로 얼룩지고
긴 보랏빛 응결체로 빛나는 태양.
오랜 연극 거듭 공연하는 배우들인 양
파도가 가장자리까지 밀려와 떨리는 것들을.

나는 꿈꾸었다. 내린 눈 눈부신 푸른 밤.
천천히 바다 위로 올라오는 입맞춤,
믿어지지 않게 놀라운 식물 수액의 순환,
노랗고 푸르게 깨어나 반짝이고 노래하는 것들을.

나는 여러 달 동안, 신경질적인 소떼처럼
암초에 부딪치는 거센 물결을 따라다녔다.
성모마리아는 숨가쁜 태양의 상스러운 녀석을
진정시킬 수 있다는 것을 생각하지 않고.

나는 표착했다. 너는 아느냐, 신비의 섬에,
사람 같은 표범의 눈이 꽃들과 뒤섞이고,
수평선 밑에서 뻗어 나온 무지개가
청록색 굴레가 되어 짐승떼를 묶는 그곳에.

나는 보았다. 거대한 늪의 수초가
바다의 괴물을 가두어 썩게 했다.
조용히 있다가 갑자기 물이 함몰하고,
먼 곳이 폭포처럼 심연으로 쏟아졌다.

빙산, 은빛 태양, 진주 물결, 숯불 하늘!
갈색 만 바닥에 잠겨 있는 끔찍한 난파선.
그 속에서 거대한 뱀이 잡아먹혔다,

냄새나고 뒤틀린 나무에서 떨어진 벌레들에게.

나는 아이들에게 만새기를 보이고 싶다.
푸른 물결에서 금빛을 내고, 노래하는 이 어류를.
꽃 같은 거품이 항해하는 나를 흔들고,
반가운 바람이 이따금 내게 날개를 빌려준다.

남북극과 여러 구역에서 피곤해진 순교자 바다가
울음으로 나의 흔들림을 부드럽게 하다가,
이따금 노란 빨판 달린 응달의 꽃이 올라오게 하면,
나는 여인처럼 무릎을 꿇고 있었다.

섬처럼 된 내 뱃전을 싸워 흔들면서
금빛 눈 흉내쟁이 새들이 똥을 누고,
내가 노를 저어 가니 낡은 밧줄 사이로
잠자는 익사자들이 내려온다, 거꾸로.

오 나를, 작은 만의 입구에서 난파한 배를
폭풍이 내던졌다 새들도 없는 창공으로.
잠수함도 한자 동맹의 범선이라도
물에 취한 나의 잔해를 건지지 못하리라.

자유롭게 흡연하며, 보랏빛 안개에서 올라가
나는 붉어지는 하늘을 벽 삼아 뚫고,
기이한 쨈을 좋은 시인들에게 주려고
태양의 이끼에다 창공의 콧물을 섞었다.

누가 달렸는가, 반달 전구로 얼룩져
검은 해마의 호송을 받는 미친 널빤지,
칠월이 짙푸른 하늘을 몽둥이로 때려

불타는 깔때기가 되게 만들 때.

나는 떨었다. 괴수의 발정, 엄청난 소용돌이
이런 신음 소리를 오십 여 곳에서 감지했다.
불멸의 푸른 실을 영원히 잣는 내가
오랜 난간을 간직한 유럽을 그리워한다.

나는 보았다. 별나라의 군도를 보았다!
기이한 하늘이 여행자에게 열린 섬들을.
너희들은 끝없는 밤에 잠들어 유배되었는가,
백만 마리 황금의 새, 미래의 활력이여?

그러나 정말로 나는 너무 많이 울었다!
새벽은 비통하고, 달은 잔인하고, 태양은 쓰디썼다.
혹독한 사랑이 나를 부풀려 선망 탓에 마비되었네.
오 나의 용골이 터져라! 오 나의 바다로 가라!

내가 유럽에서 기대하는 물은 검고 찬 웅덩이,
썩은 냄새나는 황혼 무렵에 거기서
한 아이가 슬픔을 가득 품고 꿇어 엎드려
가냘픈 종이배를 오월의 나비처럼 내려놓는다.

오 물결이여, 나는 그대의 무기력에 잠겨
목화 운반자들의 자취를 지울 수 없고,
깃발이나 불꽃을 뽐내는 곳을 지나가지 못하고,
무서운 배다리 밑에서는 헤엄치지 못한다.

　　프랑스 상징주의 시인 랭보의 시이다. 발상이 위에서 든 타
고르의 〈종이 배〉와 비슷한 것이 장편을 이룬다. 시를 쓸 때 랭
보는 17세였다. 어법을 무시하고 어휘를 만들기까지 하면서 기

발한 착상을 나타내 이해에 어려움이 있고 번역하기 난감하다.

인터넷에 올라 있는 우리말 번역이 셋이나 발견되는데, 무슨 말인지 알 수 없어 읽고 즐기기 어렵다. 《랭보 전집》(Arthur Rimbeau, Oeuvres complètes, Paris: Gallimard, 1972)의 주석, 인터넷에서 찾은 불어 해설을 여럿을 참고해 뜻이 통하고 시로 읽을 수 있는 번역을 하려고 애썼다. 자세한 논의가 필요한 대목은 기본적인 의미만 살려 의역했다. 그래도 설명이 많이 필요하다.

제1연에서 배가 하는 말로 "나는 무심한 강을 따라 내려가"고 있다가 갑자기 미주대륙 원주민 홍인종들이 백인의 배를 노리고 있다가 선원들을 나포해 채색 기둥에다 발가벗겨 묶어 놓았다고 했다. 어느 겨를에 미주대륙까지 갔으며, 왜 그런 일이 일어났는가? 가능하지 않은 비약을 하고, 모험소설을 읽고 키운 상상을 펼쳤다. 선원들이 없어져 통제 불능인 상태가 된 배가 어디로 갈지 몰라 술 취한 것같이 되었다는 말을 아주 흥미롭게 하고, 상상의 모험이 이어진다는 예고편을 충격을 주는 방식으로 보여주었다. 선원들은 시 창작을 통제하는 전통이라고 이해할 수 있다. 통제에서 벗어나 자유롭게 닥치는 대로 나아가는 시를 쓰겠다는 생각을 기발한 상상을 갖추어 나타냈다.

제2연에서 "프랑드르 밀, 영국 목화"를 들고 그런 것들을 운반하는 배가 미주대륙으로 갔다고 해서 제1연에서 받은 충격을 해명하고 완화했다. 그러면서 자기가 살고 있는 곳인 유럽에서 벗어나고자 하는 소망을 말했다. "강이 나를 원하는 대로 데려갔다"는 것이 얼마나 바라던 바인가. 취한 배가 되어 강으로 내려가 바다에 이르니 더욱 신나고 놀랍다고 제3연에서 제5연까지에서 여러 가지 표현을 사용해 거듭 말했다.

제3연에서 "아이들보다 더 멍청하게"라고 한 것은 누가 무어라고 하든 듣지 않고 자기 마음대로 행동한다는 것이다. "반도들이 떨어져나가"는 바다로 나가면서 멀어져가는 육지를 되돌아보면서 한 말이다. 제4연의 "멍청한 불빛"은 항해를 인도하는 항구의 불빛이 바보스럽다고 한 말이다. 제5연에서 "키와 닻이 모두 떠내려가게 했다"는 모든 구속에서 해방되어 더욱 자유로워졌다는 말이다.

제6연에 이르면 서술자인 배가 자기 자신임을 드러냈다. "바다의 시"에서 헤엄쳤다고 해서, 바다가 시이고, 항해가 시 창작임을 알렸다. 사공이 없어져 난파 과정에 있는 취한 배는 합리적 사고의 통제에서 벗어나 어디든지 자유롭게 치닫는 시적 상상력을 말해준다. 그것은 바다에서 헤엄쳐나가는 모험이어서 실패할 수 있다. "상념에 잠긴 익사자"가 "창백하고 홀린 듯한 부유물"이 되어 떠내려온다고 한 것이 실패자의 모습이 아닌 다른 무엇일 수 없다.

제7연에서 시는 여러 색깔과 장단을 합쳐 예상하지 못하는 변화를 만들어낸다고 했다. 제8연과 제9연에서는 바다의 풍경을 이것저것 묘사하면서, 시인은 아름다운 것들을 많이 보고 많이 알아야 한다고 일깨워주었다. 제10연에서는 바다에서는 볼 수 없고 생각하면 떠오르는 것들을 들어 시의 영역을 넓혔다. 제11연에서는 모험에 휩쓸려들기만 하고 평온을 되찾을 생각은 하지 않았다고 했다. 원문에서는 "세 마리아"를 들어 성모마리아 외의 다른 두 마리아도 기억하고, 그 가운데 하나가 빛나는 발을 들어 바다의 괴물을 퇴치한 전설을 생각도록 했다. 그런 의도를 번역에서 살릴 수 없어, "세 마리아"를 "성모마리아"라고 했다.

제12연 원문의 "'incroyables Florides"는 "믿어지지 않을 정도로 경이로운 (미국의) 플로리다 (반도)"를 복수로 일컬어 그런 여러 곳이라는 말이다. 핵심만 옮겨 "신비의 섬"이라고 했다. "panthères à peaux d'hommes"는 "사람의 피부를 지니고 있는 표범"이라는 말인데, "사람 같은 표범"이라고 번역했다. 신비의 섬에서 환상 같은 광경을 보았다면서 한 말이다. 시인은 신비로운 환상을 창조한다고 했다. 제14연까지 초현실주의 그림에서 볼 수 있는 것 같은 끔찍한 환상을 보다가 제15

연에서는 기분이 좋아졌다. "만새기"는 바다에 사는 물고기이다. 아름다운 구경거리라고 생각해 등장시켰다.

제16연에서 "남북극과 여러 구역에서 피곤해진 순교자"라고 한 것은 지구상의 남북 양극과 동서 여러 구역을 관장하느라고 바다는 순교자처럼 희생당하니 피곤해졌다는 말이다. 항해하는 배를 돌보아주다가도 이따금 심술이 나면 "노란 빨판 달린 응달의 꽃"이라고 한 수중의 해초를 보이면서 그 속에 빠져 죽으라고 하기도 한다고 했다. 그러면 잘못이 있는 여인처럼 무릎을 꿇고 빈다고 했다. 제17연에서 배가 섬처럼 되었다는 것은 새들이 많이 몰려들었기 때문이다. 익사자가 여기 다시 나온다. 익사자가 제6연에서는 단수였는데 여기서는 복수이고 잠을 잔다고 하고 거꾸로 내려온다고 하니, 사람은 아니고 구경거리로 삼을 만한 돌고래 같은 바다 생물을 두고 한 말이라고 생각된다.

제18연에서는 난파선이 되는 것을 상상했다. "Monitors"는 소형 잠수함 이름이고, "voiliers des Hanses"라고 한 것은 한자 동맹의 범선이다. 성능이 우수한 그런 배들도 잔해를 건져 올리지 못할 만큼 심하게 파손되리라고 했다. 제19연에서 초현실주의적인 상상이 극도에 이르렀다. 상상의 자유를 가로막는 쪽을 "좋은 시인들"이라고 빈정대고 고약한 선물을 가져다준다고 했다. 제20연에서는 배가 달리면서 바라본 칠월의 태양이 지면서 빛을 흩는 광경을 기이한 상상을 하면서 묘사했다.

제21연에서 괴수와 소용돌이를 일컫는 고유명사를 보통명사로 옮겼다. 멀리 나가 여러 곳에서 기이한 것들을 보면서 너무 많은 모험과 격동을 겪는 데 지쳐, 새로운 아름다움을 계속 찾으려고 하면서도 옛 모습을 그대로 간직하고 안정되어 있는 유럽이 오히려 그리워진다고 했다. 환상에서 깨어나게 되는 것을 암시했다. 시제가 과거형에서 현재형으로 바뀌었다. 제22연에서는 수많은 탐색을 했어도 실현되지 않은 가능성은 그대로 남아 있다고 했다.

제23연은 출발 전의 실제 상황이다. 제1연에서 제22연까지 상상을 펼친 다음, 나날을 견디면서 살기 괴로워 바다로 나가고 싶은 소망이 간절하게 지니고 있는 실제 상황을 말했다. 제24연에서는 자기가 유럽에서 기대할 수 있는 물은 "검고 찬 웅덩이"뿐이라고 해서 상상력을 제한하고 탈출을 허용하지 않는 제약을 말했다. 한낮이 아닌 "썩은 냄새 나는 황혼 무렵에" 그 웅덩이에서 "한 아이가 슬픔을 가득 품고 꿇어엎드려 가냘픈 종이배를 오월의 나비처럼 내려놓는다"고 제3자를 서술자로 해서 말했다. 그 종이배가 멀리까지 가서 수많은 모험을 하는 긴 여행을 상상했다. 제25연에서는 시인 자신이 서술자가 되어 무력함을 재확인했다. 25연 100행을 만들려고 사족을 붙였다고 할 수 있다.

탈출이 이루어졌다고 한 것이 환상일 따름이다. 실제 상황은 김지하가 방안에 갇혀 있다고 한 것과 그리 다르지 않다. 디킨슨이 말한 희망은 실현되지 않고, 밀러가 말한 용기가 실제로는 없었다. 환상이 깨어지는 충격이 독자에게도 크다.

디오프Birago Diop, 〈숨결Souffles〉

Écoute plus souvent
Les Choses que les Êtres
La Voix du Feu s'entend,
Entends la Voix de l'Eau.
Écoute dans le Vent
Le Buisson en sanglots :
C'est le Souffle des ancêtres.

Ceux qui sont morts ne sont jamais partis :
Ils sont dans l'Ombre qui s'éclaire
Et dans l'ombre qui s'épaissit.
Les Morts ne sont pas sous la Terre :

Ils sont dans l'Arbre qui frémit,
Ils sont dans le Bois qui gémit,
Ils sont dans l'Eau qui coule,
Ils sont dans l'Eau qui dort,
Ils sont dans la Case, ils sont dans la Foule :
Les Morts ne sont pas morts.

Écoute plus souvent
Les Choses que les Êtres
La Voix du Feu s'entend,
Entends la Voix de l'Eau.
Écoute dans le Vent
Le Buisson en sanglots :
C'est le Souffle des Ancêtres morts,
Qui ne sont pas partis
Qui ne sont pas sous la Terre
Qui ne sont pas morts.

Ceux qui sont morts ne sont jamais partis :
Ils sont dans le Sein de la Femme,
Ils sont dans l'Enfant qui vagit
Et dans le Tison qui s'enflamme.
Les Morts ne sont pas sous la Terre :
Ils sont dans le Feu qui s'éteint,
Ils sont dans les Herbes qui pleurent,
Ils sont dans le Rocher qui geint,
Ils sont dans la Forêt, ils sont dans la Demeure,
Les Morts ne sont pas morts.

Écoute plus souvent
Les Choses que les Êtres
La Voix du Feu s'entend,
Entends la Voix de l'Eau.
Écoute dans le Vent

Le Buisson en sanglots,
C'est le Souffle des Ancêtres.

Il redit chaque jour le Pacte,
Le grand Pacte qui lie,
Qui lie à la Loi notre Sort,
Aux Actes des Souffles plus forts
Le Sort de nos Morts qui ne sont pas morts,
Le lourd Pacte qui nous lie à la Vie.
La lourde Loi qui nous lie aux Actes
Des Souffles qui se meurent
Dans le lit et sur les rives du Fleuve,
Des Souffles qui se meuvent
Dans le Rocher qui geint et dans l'Herbe qui pleure.

Des Souffles qui demeurent
Dans l'Ombre qui s'éclaire et s'épaissit,
Dans l'Arbre qui frémit, dans le Bois qui gémit
Et dans l'Eau qui coule et dans l'Eau qui dort,
Des Souffles plus forts qui ont pris
Le Souffle des Morts qui ne sont pas morts,
Des Morts qui ne sont pas partis,
Des Morts qui ne sont plus sous la Terre.

Écoute plus souvent
Les Choses que les Êtres
La Voix du Feu s'entend,
Entends la Voix de l'Eau.
Écoute dans le Vent
Le Buisson en sanglots,
C'est le Souffle des Ancêtres.

더 자주 들어보아라,
존재보다 사물들을.

164

불의 목소리가 들린다.
물의 목소리를 들어라.
바람 속에서 귀를 기울여라,
흐느끼는 숲이
조상님들의 숨결이다.

죽은 분들은 떠나가지 않았다.
환해지는 그늘에 있다.
짙어지는 그늘에 있다.
죽은 분들은 땅 속에 묻혀 있지 않다.
흔들리는 나무에 있다.
신음하는 숲에 있다.
흐르는 물에 있다.
잠자는 물에 있다.
초막에도 있고 군중에도 있다.
죽은 분들은 죽지 않았다.

더 자주 들어보아라,
존재하는 사물들을.
불의 목소리가 들린다.
물의 목소리를 들어라.
바람 속에서 귀를 기울여라,
흐느끼는 숲이
죽은 조상님들의 숨결이다.
조상님들은 떠나지 않았다.
땅속에 있지 않다.
죽지 않았다.

죽은 분들은 떠나가지 않았다.
여인의 가슴에 있다.

옹알거리는 아기에게 있다.
지푸라기로 붙이는 불에 있다.
죽은 분들은 땅속에 묻히지 않았다.
꺼지는 불에 있다.
울음 우는 풀에 있다.
신음하는 바위에 있다.
숲에 있다, 집에 있다.
죽은 분들은 죽지 않았다.

더 자주 들어보아라,
존재보다 사물들을.
불의 목소리가 들린다.
물의 목소리를 들어라.
바람 속에서 귀를 기울여라,
흐느끼는 숲이
조상님들의 숨결이다.

조상님들의 숨결이
날마다 협약을 새롭게 한다.
우리 운명을 법칙과 연결시키는 위대한 협약을.
더욱 강력한 숨결의 행위와 연결시키는.
죽지 않는 우리 죽음의 운명,
우리를 삶과 연결시키는 무거운 운명,
우리를 행위와 연결시키는 무거운 법칙,
죽어가는 숨결,
강바닥에서,
움직이는 숨결,
신음하는 바위와 우는 풀에서.

숨결은 머무른다,

환해지고 짙어지는 그늘에,
흔들리는 나무에, 신음하는 숲에
흐르는 물에, 잠자는 물에,
더욱 강력한 숨결이
죽지 않고 죽은 분들을 사로잡는다.
죽고도 떠나지 않은 분들을,
죽고도 땅속에 묻히지 않은 분들을.

더 자주 들어보아라,
존재보다 사물들을.
불의 목소리가 들린다.
물의 목소리를 들어라.
바람 속에서 귀를 기울여라,
흐느끼는 숲이
조상님들의 숨결이다.

디오프는 세네갈의 시인이다. 프랑스어로 쓴 시를 프랑스에서 발표해 높은 평가를 얻었다. 아프리카 흑인문화를 재평가하는 데 앞장서면서 고유한 가치를 인식시키려고 했다. 외부 사람들에게는 생소한 사고를 프랑스어로 나타내니 낯설게 느껴지지만, 아프리카 문화의 가치가 무엇인가 하는 의문에 결정적인 대답을 하는 시를 썼다. 핵심은 인간과 자연, 삶과 죽음이 고립되지 않고 서로 연결되어 있다는 것이다. 자기네 말에 가까운 언사를 써서 아프리카의 노래처럼 들리게 하려고 반복이 많다.

"더 자주 들어보아라, 존재보다 사물들을"이라고 한 "존재"는 추상적인 것이고 "사물"은 구체적인 것이라고 생각된다. 죽은 조상들이 떠나가지 않고 "숨결"로 남아 있는 것을 물, 불, 바람, 나무, 바위에, 여인의 가슴에 옹알거리는 아이에게서 확인하라고 했다. "숨결"은 감각적으로 확인할 수 있는 영혼이나 정신이다. 조상들의 "숨결"이 없어지지 않고 남아 있으며 갖가지로 작용해, 모든 것이 서로 연관관계를 가진 생명을 누린다고 했다.

"우리 운명을 법칙과 연결시키는 위대한 협약"을 말하는 데서는 사고의 수준을 더 높였다. "법칙"이라고 한 것은 천지 만물의 운행 원리라고 생각된다. 사람이 살아가는 과정인 "운명"을 천지 만물의 "법칙"과 조상들의 숨결이 연결시켜준다고 믿는다. 조상들의 숨결은 삶과 죽음을 연결시켜준다고도 믿는다.

조상들의 숨결이 통합을 이루고 서로 연결시켜주는 덕분에, 사람은 천지만물과 함께 삶을 누리다가 죽어도 죽지 않아 행복하다. 조상들의 숨결은 가까이 있어 고독이나 번민이 없다. 조상들의 숨결이 모든 것을 하나이게 해서 분열과 대립을 넘어선다. 조상들의 숨결을 알아차리면 누구나 행복하다.

조상들의 숨결을 느끼고 있어, 어느 신을 별도로 섬기지 않는다. 신과 사람 사이에 있는 거리가 조상들과는 없다. 신과 사람은 내력이 다르고, 과거와 현재가 어떻게 이어지는지 의문이어서 역사에 관한 논란이 심각한데, 조상들은 죽었어도 죽지 않고 숨결로 남아 지금 내게 살아 있다고 해서 모든 의문을 해결하는 최상의 해답을 제시한다.

에제킬Nissim Ezekiel, 〈섬Island〉

Unsuitable for song as well as sense
the island flowers into slums
and skyscrapers, reflecting
precisely the growth of my mind.
I am here to find my way in it.
Sometimes I cry for help
But mostly keep my own counsel.
I hear distorted echoes

Of my own ambiguous voice
and of dragons claiming to be human.
Bright and tempting breezes
Flow across the island,
Separating past from the future;
Then the air is still again
As I sleep the fragrance of ignorance.
How delight the soul with absolute
sense of salvation, how
hold to a single willed direction?
I cannot leave the island,
I was born here and belong.
Even now a host of miracles
hurries me a daily business,
minding the ways of the island
as a good native should,
taking calm and clamour in my stride.

노래나 감각에는 맞지 않은
그 섬이 빈민가나 마천루에서 생겨나,
내 마음이 얼마만큼이나
성숙했는지 정확하게 보여준다.
나는 그 속에서 길을 찾는다.
이따금 도움을 청하기도 하지만,
대개는 내 자신의 충고를 따른다.
나는 듣는다, 나의 모호한 목소리가
뒤틀려 되돌아오는 메아리를.
용이 사람이라고 우기는 소리도.
청명하고 매혹적인 미풍이
섬을 가로질러 불면서
과거를 미래에서 분리한다.
그리고 공기가 다시 고요해진다,

무지의 향기에 취해 잠이 드니.
절대적인 구원을 믿으면
마음이 얼마나 즐거울까?
한 방향으로만 나아갈 수 있을까?
나는 이 섬에서 떠날 수 없다.
내가 태어나고 소속된 곳이다.
지금이라도 수많은 기적이
일상사인 듯이 불어 닥치면,
섬의 풍속을 알아서 존중하는
선량한 원주민의 의무를 다하면서,
조용하면서 요란하게 걸어가리라.

에제킬은 인도 현대시인이다. 영어로 쓰는 시가 높이 평가된다. 제목을 〈섬〉이라고 한 이 작품이 그 가운데 하나이다. 마음속에 섬을 간직하고 있다는 것은 흔히 있을 수 있는 발상이다. 그런데 그 섬이 색다르다.

그 섬은 빈민가나 마천루에서 생겨나 자기 마음의 성숙 정도를 말해주는 발상의 영역이다. 그 속에서 길을 찾으려고 노력하면서 방황하기도 하고 악몽 같은 착각에 사로잡히기도 한다. 과거를 잊고 미래만 생각하면 청명하고 매혹적인 미풍을 느낄 수 있다. 무지의 향기에 취해 잠자는 것도 위안을 얻는 방법이다. 절대적인 구원을 믿고 한 방향으로만 나아가면 즐겁겠지만, 자기는 그럴 수 없어, 번민으로 가득한 섬을 출생지로, 주거지로 여기고 남아 있다고 한다. 섬 안에서 기적적인 변화가 일어나 원주민의 의무를 다하면서 조용한 가운데서도 활보할 수 있기를 바란다. 이런 생각을 시로 나타냈다.

이 시인은 인도 뭄바이에서 태어나고 자라고 살았다. 영국에 가서 공부하고 영문학 교수를 하면서도 자기 고장을 떠나지 않고 줄곧 소중하게 여겼다. "원주민"이라고 한 것이 문자 그대로 긴요한 말이다. 뭄바이는 "빈민가"와 "마천루"가 극단의 대조를 이루며 공존하는 곳이며, 수많은 사회문제가 심각하게 얽혀 있다. 전원적이거나 시적인 분위기와는 거리가 멀다. 그래도 자기는 정신적으로도 떠나가지 않고 그 속에서 살면서 번민하고 극적인 변화를 염원하기도 하는 내면의식을 원천으로 삼아 널리 감동을 주는 시를 영어로 창작했다.

윤동주, 〈서시〉

죽는 날까지 하늘을 우러러
한 점 부끄럼이 없기를,
잎새에 이는 바람에도
나는 괴로워했다.
별을 노래하는 마음으로
모든 죽어가는 것을 사랑해야지
그리고 나한테 주어진 길을
걸어가야겠다.

오늘밤에도 별이 바람에 스치운다.

윤동주는 한국 근대시인이다. 일제 통치의 어려운 시기에 고민하고 투쟁해야 했다. 나라를 빼앗겨 민족 전체가 자유를 잃었다. 고국을 벗어난 북간도에 있어도 언론의 자유가 없었다. 할 말을 바로 하지 못해 고도의 상징적 수법을 사용해야 했다. 말을 전할 동지들이 있는 것도 아니었다. 혼자 하늘을 우러러 엄숙한 서약을 했다.

"잎새에 이는 바람에도 괴로워"하며, "모든 죽어가는 것을 사랑"하는 주어진 길을 걸어가야 한다고 했다. 자유냐 부자유냐 하는 단계를 넘어서서 사느냐 죽느냐 하는 데까지 이르러 싸움이 더욱 힘들지만 결연한 자세를 지녀야 했다. "별이 바람에 스치"워 이상이 흔들리는 것을 안타깝게 여겼다.

　윤동주는 일본으로 공부하러 가서도 이런 시를 쓰다가 잡혀서 죽었다. 감옥에 들어갔을 때 생체실험의 대상이 된 사실이 밝혀졌다. 하이네가 고국에 돌아가지 못하고 망명지 프랑스에서 죽은 것보다 훨씬 비참하다.

제13장
순수시를 찾아서

베르래느Paul Verlaine, 〈달빛Clair de lune〉

Votre âme est un paysage choisi
Que vont charmant masques et bergamasques
Jouant du luth et dansant et quasi
Tristes sous leurs déguisements fantasques.

Tout en chantant sur le mode mineur
L'amour vainqueur et la vie opportune,
Ils n'ont pas l'air de croire à leur bonheur
Et leur chanson se mêle au clair de lune,

Au calme clair de lune triste et beau,
Qui fait rêver les oiseaux dans les arbres
Et sangloter d'extase les jets d'eau,
Les grands jets d'eau sveltes parmi les marbres.

그대의 넋은 선택된 풍경,
탈을 쓴 패거리가 몰려가
피리 불고 춤추면서 놀고,
슬픔은 화려한 치장 밑에.

모두 단조로만 노래하면서
사랑과 행운을 자랑하네.
행복하다고 여기지는 않고
노래가 달빛과 뒤섞이네.

슬프고도 아름다운 달빛이
나무 위 새들 꿈꾸게 하고
대리석에서 솟구치는 분수
기쁨으로 흐느끼게 한다.

베르래느는 프랑스 상징주의 시인이다. 자기 나름대로 최상의 착상과 표현을 갖추어 나타냈다. 미묘함을 자랑하는 프랑스어 원문을 우리말로 적절하게 옮기는 아주 어려운 작업을 잘하려고 여러 날 고심한 성과가 있다고 자부한다.

우리는 달에서 옥토끼가 방아를 찧는다고 하는데, 달의 혼이 탈을 쓰고 노는 패거리의 모습을 하고 나타난다고 제1연에서 말했다. 달을 바라보고 있으면 사람을 홀리는 광경이 벌어지고 소리가 들리는 것 같은 착각을 적절하게 표현했다. 제2연에서는 노래가 달빛과 섞여서 들린다고 하고, 제3연에서는 나무에서 새들이 잠자고, 대리석 구조물에서 분수가 솟구치는 주위의 정황을 말했다. 달밤의 광경을 잘 묘사한 것이 이 시의 첫 번째 자랑이다.

일관되게 공존하면서 비중이 달라지는 사항이 둘 있다. 하나는 기쁨과 슬픔이다. 또 하나는 동작과 정지이다. 달빛은 누구에게나 기쁨과 슬픔을 함께 느끼게 하고, 크게 움직이는 동작과 고요하게 정지된 상태를 동시에 보여주는 것 같다. 그 이중의 양면을 제시하면서 변화의 추이를 갖춘 것을 면밀하게 살필 만하다. 분석의 편의를 위해 기쁨은 [a+] 슬픔은 [a−], 동작은 [b+] 정지는 [b−]라고 하자.

제1연에서 탈 쓴 패거리가 피리 불고 춤추면서 논다고 한 것은 [a+b+]의 극단이다. 그런데 화려한 치장 밑에는 슬픔이 감추어져 있다고 하면서 [a−b−] 쪽에 관해서 조금 알렸다. 원문에서는 "거의"(quasi) 슬픈 것이라고 해서 [a−]를 조금만 말했는데, 글자 수를 맞추느라고 그대로 옮기지 못했다. 제2연에서 노래하는 곡조가 단조라고 한 것은 [a−]이고, 노래의 내용이 사랑과 행운이라고 한 것은 [a+]이다. 행복하다고 여기지 않는다는 것은 다시 [a−]이다. 제3연에서 "슬프고도 아름다움"이라고 한 것은 [a−+]이고 "기쁨으로 흐느끼는"이라고 한 것은 [a+−]이다. (2)에는 춤은 없고 노래만 있어 [b+]에서 [b−]로 나아갔다. 제3연에서 분수가 솟구친다고 한 것은 [b+]

이지만, 나무 위에서 꿈꾸면서 자는 새, 분수를 만든 대리석 구조물은 [b-]의 극단이다.

　전체적인 추세를 보면 [a+]에서 [a-]로, [b+]에서 [b-]로 점차 나아갔다. 달빛을 보면 기쁨으로 들떴다가 기쁨보다 슬픔을 더 느끼게 되면서 마음이 가라앉는다고 말해주었다. 이러한 진술에 심층의 의미가 있어, 인생의 외면과 내면, 낙관과 비관에 대해 생각하게 한다. 가시적인 자연물로 내면 의식을 표출하는 것이 상징주의의 수법이고 특징이다.

말라르메Stephane Mallarmé, 〈축배Salut〉

Rien, cette écume, vierge vers
A ne désigner que la coupe;
Telle loin se noie une troupe
De sirènes mainte à l'envers.

Nous naviguons, ô mes divers
Amis, moi déjà sur la poupe
Vous l'avant fastueux qui coupe
Le flot de foudres et d'hivers;

Une ivresse belle m'engage
Sans craindre même son tangage
De porter debout ce salut

Solitude, récif, étoile
A n'importe ce qui valut
Le blanc souci de notre toile.

허무, 이 거품, 처녀인 시,
이런 것들을 보여주는 술잔에서,

저만치 멀찍이 인어의 무리가
자맥질하면서 거듭 뒤집힌다.

여러 벗들이여, 우리는 항해를 한다.
나는 이미 고물로 물러나 있고,
화려한 이물에 나선 그대들은
벼락치는 겨울 물결을 가른다.

아름다운 도취가 나를 사로잡아
흔들림을 두려워하지 않고
일어서서 이 축배를 든다.

고독, 암초, 별
우리 돛대의 하얀 고뇌가
가져오는 무엇이든 위하여.

　말라르메는 프랑스 상징주의 시인이다. 이 시를 시인들의 모
임에서 축배를 들면서 지어 읊었다. 시집 앞에 내놓은 서시이
기도 하다. "여러 벗들이여", "나는" "일어서서" "이 축배를 든
다", 시 창작의 "고독, 암초, 별"을 "위하여"라고 기본 언사를
이으면서 다른 말들을 붙여나가는 방식으로 시론을 전개했다.
　제1연은 술잔 속의 술이 일으키는 거품을 들여다보면서 한
말이다. "Rien, cette écume, vierge vers/ A ne désigner
que la coupe"는 그대로 옮기면 "허무, 이 거품, 처녀의 시,
술잔만을 가리키는"이라는 것이어서 이해하기 어렵다. "허무,
이 거품, 처녀인 시, 이런 것들을 보여주는 술잔에서"라고 하
면 무엇을 말하는지 알 수 있고 앞뒤가 순조롭게 연결된다.
　거품의 모습이 "허무"이기도 하고 "처녀의 시"이기도 하다고
했다. "허무"라고 옮긴 "rien"은 이 경우에 "아무것도 없는 상
태"라는 뜻이다. 거품 때문에 아무것도 없는 상태인 것이 아직

지어내지 않은 "처녀의 시"와 같다고 했다. 아직 이루어지지 않은 처녀의 시는 가장 순수한 최상의 시여서 그대로 살려내고 싶어하는 불가능한 희망을 지니고 분투했다. "언어의 무리가 자맥질"한다는 것은 거품 일으키는 술의 움직임이면서, 아무 것도 없던 시가 떠오르는 모습이다.

물거품을 보고, 언어의 무리가 자맥질하는 것도 본다고 하다가, 제2연에서는 배를 타고 항해를 하고 있다고 하는 생각을 나타냈다. 시 창작을 위해 시도하고 모험하면서 항해하는 배에 여러 시인이 함께 타고 있다고 했다. 자기는 뒤로 물러나도 선미 고물에 자리를 잡고 있으니, 후배 시인들이 화려하게 꾸민 선두 이물에 나서서 분발해야 한다고 당부했다. "벼락치는 겨울 물결을" 헤치고 나가는 모험을 해야 한다고 했다. 제3연에서는 뒤로 물러나 있는 자기도 시흥(詩興)에 도취되면 흔들림을 두려워하지 않고 일어나 시를 위해 축배를 든다고 했다. 제4연에서 "우리 돛대의 하얀 고뇌"라고 한 것은 시를 위해 항해하려고 세워 놓은 돛대가 고뇌의 표상이고 아직 이룬 것이 없어 하얀빛이라고 한 말이다. 그러면서도 앞으로 나아가 "고독, 암초, 별"을 가져온다고 했다. 시 창작은 고독하고, 암초에 걸리지만, 그래도 별이라고 한 목표를 바라보고 희망을 가지자고 했다.

제1연 첫 줄 마지막의 "처녀의 시"가 제4연 첫줄 마지막의 "별"과 호응된다. 아직 이루어지지 않아 가장 순수한 최상의 시, 처녀 상태의 시를 시 창작의 목표로 삼고 희망을 가지자고 했다. 그래야 모험을 하는 보람이 있고 모든 고뇌에서 벗어날 수 있다고 했다. 이것이 순수시를 위한 선언이다.

발레리 Paul Valéry, 〈발걸음 Les pas〉

Tes pas, enfants de mon silence,
Saintement, lentement placés,

Vers le lit de ma vigilance
Procèdent muets et glacés.

Personne pure, ombre divine,
Qu'ils sont doux, tes pas retenus !
Dieux !... tous les dons que je devine
Viennent à moi sur ces pieds nus !

Si, de tes lèvres avancées,
Tu prépares pour l'apaiser,
A l'habitant de mes pensées
La nourriture d'un baiser,

Ne hâte pas cet acte tendre,
Douceur d'être et de n'être pas,
Car j'ai vécu de vous attendre,
Et mon coeur n'était que vos pas.

너의 발자국들, 내 침묵의 아이들
성스럽게 조용하게 땅을 밟으면서,
내가 깨어 있는 침대를 향해
말없이 차갑게 다가온다.

순수한 존재, 신령스러운 그림자,
너의 사뿐한 발걸음 얼마나 감미로운가.
신들이시여! ... 내가 바라는 모든 선물이
맨발을 딛고 내게로 옵니다.

만약 네가 입술을 내밀어,
내 생각의 거주자들에게
진정제인 입맞춤의 자양분을
제공할 준비를 하고 있다면,

그 부드러운 행동 서두르지 말아라,
있음과 없음은 둘 다 감미롭도다.
나는 오직 당신을 기다리면서 살아오고,
내 마음은 당신의 발자국일 따름이니.

　발레리도 프랑스 상징주의 시인이다. 말라르메의 순수시 선언을 실행하려고 후계자인 발레리가 각고의 노력을 했다. 그래도 순수시를 뜻하는 바와 같이 이룩할 수는 없었으며, 근처까지 간 것을 최상품으로 삼았다. 특정 자연물이 들어 있어 순도를 낮추지도 않고, 침묵에 가까운 말을 가까스로 해서 장막 뒤에 머물러 있는 순수시에 대해서 조금은 알려주는 작품 가운데 이것을 골라내 본보기로 삼을 수 있다.

　이 작품은 무엇이 자기에게 다가오는 발걸음을 기다리는 마음을 나타냈다. 제1연 서두에서 "너의 발자국들, 내 침묵의 아이들"이라고 한 것은 내가 침묵하고 있어 기다림이 가능하게 되는 결과를 가져오고, 그것이 발자국으로 실현된다는 말이다. "내가 깨어 있는 침대"라는 말을 사용해, 아직 침대에 누워 있는 상태이지만 잠에서 깨어나 기다리고 있다고 했다. 수동적인 자세로 조용하게 기다리면 다가오는 것이 있으리라고 기대했다. 제2연 이하에서 기대를 구체화하고 실현을 상상했다.

　앞에서는 상대방을 "tu"라고 불러 "너"라고 번역했는데, 제4연에서는 "vous"라고 불러 "당신"이라고 번역했다. 가까운 사이이고 자기와 대등한 "너"가 결말에 이르러 거리가 멀고 격이 높은 "당신"으로 바뀐 것은 직접 만나기 어려운 상대를 멀리서 존경하지 않을 수 없게 되었다는 말이다. "내 마음은 너의 발자국"이 아니고 "내 마음은 당신의 발자국"이어서 만날 상대가 더 멀어졌다고 하고, 절망을 감추면서 작품이 끝났다.

　오기를 기다리는 사람이 누구인가? 제1연에서 "성스럽게", 제2연에서 "신들이시여"라고 한 것을 보면, 종교적인 은총을 기다린 것 같다. 제2연에서 "너의 사뿐한 발걸음 얼마나 감미로운가", 제3연에서 "진정제인 입맞춤의 자양분"을 말한 것을 보면, 자기를 사랑해줄 이성을 기다린 것 같다. 제2연에서 "순수한 존재, 신령스러운 그림자", 제4연에서 "둘 다 감미로운" "있음과 없음"이라고 한 말은, 그런 경지에 이르는 최상의 시에 대한 기대를 나타낸 것 같다.

세 가지 해석은 모두 타당하므로 어느 하나를 선택하고 다른 둘은 배제할 것이 아니다. 어느 하나는 실체로, 다른 둘은 비유로 삼아 모두 수용하는 것이 마땅하다. (가) 종교적 은총을 이성의 사랑이나 최상의 시처럼 기대했다. (나) 이성의 사랑을 종교적 은총이나 최상의 시처럼 기대했다. (다) 최상의 시를 종교적 은총이나 이성의 사랑처럼 기대했다. 이 세 가지 명제가 도출된다. 견주어 평가하면, (나)보다는 (가), (가)보다는 (다)가 더욱 자연스럽고 타당성이 크다.

이 작품에서 발레리는 말라르메가 〈축배〉에서 제시한 바를 실현해 "순수한 존재, 신령스러운 그림자", "둘 다 감미로운" "있음과 없음"을 손상시키지 않고 드러내는 최상의 시, 그런 의미의 순수시를 추구하려고 했다. 있음이기도 하고 없음이기도 한 순수한 존재는 종교적 은총이나 이성의 사랑처럼 다가오므로, 조용한 마음으로 기다리면서 맞이해야 한다고 했다. 형체를 그릴 만한 것은 없고, 발걸음 소리를 들으려고 하기만 해야 한다고 했다. 직접 진술하려고 하면 손상되고 말기 때문에, 아직 도달하지 못한 경지여서 기다림을 말한 시를 썼을 따름이다. 순수시를 실현해 보여주지는 못하고 순수시론을 전개하는 데 그치는 시를 썼다.

순수시에서 추구한 순수는 불교에서 말한 깨달음의 경지와 상통하고, 직접 진술할 수 없다고 한 것이 불립문자(不立文字)와 같다. 그러면서 중요한 차이가 있다. 불교의 깨달음을 나타낸 선시(禪詩)는 언어의 구속을 철폐해 생각을 시원스럽게 해방시키는데, 순수시를 추구한다는 쪽에서는 복잡한 착상을 최대한 기공하는 표현을 사용해 난해하기 이를 데 없는 작품을 내놓았다. 조용하게 기다린다는 것으로 참선을 대신하면서 논리적 사고에 큰 기대를 거니 있음과 없음이 하나라는 말만 하고, 그 둘이 실제로 하나인 경지를 체험하지 못한다. 해방이 아닌 구속을 도달점으로 삼고, 정교하게 꾸미는 재주를 자랑하고 말았다.

릴케Rainer Maria Rilke, 〈**고요함**Die Stille〉

Hörst du Geliebte, ich hebe die Hände –
hörst du: es rauscht...
Welche Gebärde der Einsamen fände
sich nicht von vielen Dingen belauscht?
Hörst du, Geliebte, ich schließe die Lider
und auch das ist Geräusch bis zu dir.
Hörst du, Geliebte, ich hebe sie wieder......
... aber warum bist du nicht hier.

Der Abdruck meiner kleinsten Bewegung
bleibt in der seidenen Stille sichtbar;
unvernichtbar drückt die geringste Erregung
in den gespannten Vorhang der Ferne sich ein.
Auf meinen Atemzügen heben und senken
die Sterne sich.
Zu meinen Lippen kommen die Düfte zur Tränke,
und ich erkenne die Handgelenke
entfernter Engel.
Nur die ich denke: Dich
seh ich nicht.

너는 듣는가, 사랑하는 이여, 나는 손을 든다.
너는 듣는가, 그 속삭임을...
외로운 사람의 어떤 몸짓이라도

많은 것들이 엿듣지 않는가?
너는 듣는가, 나는 눈을 감는다.
이것도 너에게는 소음이다.
너는 듣는가, 나는 다시 손을 든다....
... 그런데 너는 왜 여기 없는가.

내가 조금만 움직여도
비단 같은 고요함 속에 자취가 남는다.
조금만 격앙해도 저 멀리
팽팽한 장막에 지울 수 없는 각인을 남긴다
내가 숨을 쉬면
별이 뜨고 지고,
내 입술로 향그러운 음료가 다가온다.
그리고 나는 저 멀리 있는 천사의
팔꿈치를 알아본다.
나는 너를 생각하기만 하고
보지는 못한다.

릴케는 체코 출신의 독일어시인이며 상징주의 시의 독자적인 경지를 개척했다. 이 시는 난해하다. 무엇을 말하는지 알기 어렵다. 왜 이런 시를 썼는지 이해하지 못해 더욱 난감하다. 그러나 다가가는 길이 있다. 앞에서 든 발레리, 〈발걸음〉과 견주어 살피면 이해 가능하다.

모든 것의 궁극적인 실체인 순수한 존재는 오직 고요하기만 하고 감각으로 인식할 수 없다. 그런데도 그것을 나타내는 순수시 창작을 간절하게 바란다. 이런 생각을 발레리와 릴케는 두 시에서 함께 했다. 발레리가 추구하는 것을 위해 이성의 사랑과 종교의 은총이 도와주기를 바랐듯이, 이 시 또한 "사랑하는 이"를 찾고, "천사"를 알아본다고 했다. 순수시를 추구하면서 사랑을 기대하고 은총을 희구했다.

그러면서 순수한 존재와 관련을 가지는 방식에서는 두 시가 상이한 방향을 택했다. 발레리는 순수한 존재가 스스로 다가온다고 믿고 발걸음 소리를 듣고자 했다. 릴케는 자기가 순수한 존재에 다가가려고 신호를 보내는 모험을 했다. 두 가지 가능하다고 생각되는 방법 가운데 하나씩 택했다.

순수한 존재에 다가가는 신호가 손을 들고, 눈을 감는다고 하는 미세한 움직임으로 순수한 조용함을 깬 것이다. 혼자 하기 두려운 모험이어서 "사랑하는 이"를 찾아 이해와 격려를 기대했다. 그러나 "사랑하는 이"는 없다고 말하고, 자기 생각 속에만 존재한다고 확인했다. 이해와 격려는 기대할 수 없다. 발레리는 순수한 존재가 사랑하는 사람처럼 다가오기를 기대했지만, 사랑하는 사람은 없다는 것을 확인하고 자기 혼자 순수한 존재에 다가가는 릴케의 모험은 파탄을 예고한다.

"외로운 사람의 어떤 몸짓이라도" 그 자체로 끝나지 않고 다른 것들에 작용을 미친다는 일반론을 들어, 자기만 예외인 것은 아니라는 위안을 삼았다. 그러나 자기가 조금만 움직여도 크고 영속적인 자취를 남긴다고 말한 것은 엄청난 일이다. 순수한 존재의 조용함을 깬 반역을 저지른 책임을 알아차리지 못하고 스스로 도취될 것인가? "천사의 팔꿈치"를 알아보았다고 말하면서 은총을 기대할 것인가? 사랑하는 이가 없다고 말한 것이 파탄에 이른 종말이다.

이렇게 분석해 작품을 이해하는 것은 아주 힘든 일이다. 힘들인 성과에 대해 확신하지 못한다. 발레리가 그랬듯이 릴케 또한 여기서 순수하고 절대적인 시를 찾으려고 하면서 소통 장애를 만들어냈다. 소통 장애가 있는 난해시를 순수시라고 해서 순수의 의의가 무엇인가 하는 의문이 생기게 한다.

제4장
선시, 맑고 깨끗한 마음

연수(延壽), 〈영명의 노래(永明偈)〉

欲識永明旨
門前一池水
日照光明生
風來波浪起

영명의 뜻 알고 싶거든
문 앞의 저 못을 보라.
해가 뜨면 반짝이고,
바람 불면 물결이 이네.

　호가 영명(永明)인 연수는 중국 당말·오대(唐末·五代)의 선승이다. 이런 작품에서 도를 닦아 얻은 맑고 깨끗한 마음을 자연물을 들어 나타내는 선시의 좋은 본보기를 보여주었다. "길게 밝다"는 자기 호가 무엇을 뜻하는지 알고 싶거든 방문 앞의 못을 보라고 했다.

　자기는 안에 머무르지만, 마음은 밖의 못처럼 열려 있다고 했다. 못은 해가 뜨면 반짝이고, 바람이 불면 물결이 일면서 그 자체는 청정하기만 하다고 했다. 움직이면서 움직임이 없고, 변화를 따르면서도 언제나 그대로인 경지에 이른 것을 말해주었다.

　이런 선시는 순수시이다. 순수한 마음을 나타내는 시이니 순수시다. 세상과의 걸림을 최소한으로 해서 말하지 않은 듯이 말한다. 뜻이 깊어도 난해하지 않다. 독자가 표현의 장벽을 넘어가는 수고를 하지 않고 쉽게 다가가 마음을 깨끗하게 할 수 있게 한다. 순수시는 유럽에서 나타나기 천여 년 전에 이미 동아시아에서 더욱 순수한 모습을 갖추고 있었다.

　유럽에서처럼 순수시는 어려워야 하는가? 말하는 것이 없다고 하려고 어려운 말을 써서 접근을 방해해야 하는가? 편안한 마음으로 쉽게 다가갈 수 있게 하면 시의 품격이 떨어지는가?

말하는 것이 없다고 하면서 소통을 거부하는 것이 시인이 할 일인가? 집착에서 벗어나 깨달음에 이르도록 하려고 말하는 것이 없다고 해야 하지 않는가?

종경(宗鏡), 〈구름 걷힌 가을 하늘…(雲捲秋空…)〉

雲捲秋空月印潭
寒光無際與誰談
豁開透地通天眼
大道分明不用參

구름 걷힌 가을 하늘 달이 못에 비치고,
찬 기운 끝없음을 누구와 더불어 말하리.
활짝 열려 땅에 통하고 하늘로 열린 안목
대도가 분명하니 참구할 것이 없다.

호가 예장(豫章)인 종경은 송나라 승려이다. 이런 선시를 남겨 높은 경지에 이르렀다고 평가된다. 제목이 없으므로 첫 구절을 제목으로 삼는다.

앞의 두 줄에서 자기 마음을 자연물에 견주어 나타냈다. 번뇌가 사라지고 의심이 없어져 구름 걷힌 가을 하늘의 달이 못에 비친 것과 같다고 했다. 상쾌해 차갑다고까지 말한 기운이 끝이 없는 것을 누구와 더불어 말할까 하면서 이 시를 지었다.

안목이 활짝 열려 땅에 통하고 하늘로 열린 깨달음을 얻었으니 이런저런 문헌을 찾아 고찰할 것이 없다고 했다. 멀고 아득한 경지에 이르렀다고 자랑하면서 우러러보라는 것은 아니다. 구름 걷힌 가을 하늘의 달이 못에 비치는 것을 누구나 자기 마음으로 받아들이고, 땅에 통하고 하늘로 열린 생각을 할 수 있다고 일깨워준다.

충지(冲止), 〈한가한 가운데 스스로 기뻐한다(閑中自慶)〉

日日看山看不足
時時聽水聽無厭
自然耳目皆淸快
聲色中間好養恬

날마다 산을 보아도 보는 것이 모자라고,
때마다 물소리 들어도 듣는 것이 싫지 않다.
자연에서는 귀와 눈이 모두 맑고 상쾌해
소리와 색깔 가운데서 편안함 기르기 좋구나.

　충지는 13세기 한국 고려 말의 승려이다. 많은 작품을 남긴
가운데 선시가 있다. 백성들의 참상을 보고 마음 아파하는 작
품도 있다.
　여기서는 마음을 가다듬고 도를 닦은 결과를 자연물을 들어
말하지 않은 것이 앞에 든 작품들과 다르다. 자연에 마음을 내
맡겨 움직임을 그대로 받아들이는 즐거움을 누리는 것 외에 할
일이 더 없다고 했다. 도리에 관한 언급이 하나도 없고, 좋다,
상쾌하다, 편안하다고만 했다.
　자연과 심성이 하나가 되는 것이 득도의 길임을 관념적인 표
현을 전혀 사용하지 않고 말해주었다. 산은 산이고, 물은 물임
을 있는 그대로 말해 복잡하게 생각해 빚어지는 번뇌를 모두
물리쳤다. 산을 보고 물소리를 듣고 즐거워하는 중생이 깨달
음의 높은 경지에 이른 부처임을, 부처가 중생이고 중생이 부
처임을 이치를 따지는 말 한마디도 없이 알려주었다.

태종(太宗), 〈풍암 승려 덕산에게 주노라(寄風庵僧德山)〉

風打松關月照庭

心期風景共凄清
箇中滋味無人識
付與山僧樂到明

바람은 솔문 두드리고 달이 뜰을 비추니,
마음과 풍경이 한 가지로 차고 맑구나.
이 가운데 그윽한 맛 아는 이 없어
산승이 맡아 즐거워 하다가 새벽을 맞네.

　태종은 13세기 월남 진조(陳朝)의 승려이다. 다양한 형식과
내용의 선시를 남긴 가운데 이 작품이 있다. 자연의 움직임을
그대로 받아들여 상쾌하다고 하는 것이 앞뒤의 여러 시와 같
다. 마음과 풍경이 한가지로 차고 맑다는 것이 깨달음에 이른
경지이다. 그래서 얻는 그윽한 맛을 아는 이 없어 산승이 홀로
즐긴다고 한 말은 위의 시와 상통한다.
　작가를 말하지 않으면 이것이 월남 시인지 알 수 없다. 월남
은 먼 나라라고 생각되지만, 동아시아문명권의 이웃임이 분명
하다. 월남인은 동아시아 다른 나라 사람들과 한문을 공동문
어로 삼아 함께 사용하면서 이런 선시를 지어, 공통된 표현으
로 깊이 공감하는 생각을 나타냈다.

베쯔겐 엔지(別源圓旨), 〈**우연히 화답해 지은 시**(和
偶作詩)〉

時移世異有靑山
人自忙兮山自閑
唯有山僧知此意
秋風古寺掩禪關

시절은 바뀌고 세상은 달라져도 청산은 그대로,

사람은 자기대로 바쁘지만 산은 스스로 한가하다.
다만 산승만 이 뜻을 알고 있으면서
가을바람 부는 옛 절 선방의 빗장을 거네.

　베쯔겐 엔지는 14세기 일본 카마쿠라(鎌倉) 시대의 승려이
다. 일본 선종과 선종문학을 진작한 중심인물이다. 선시이기
도 일반 한시이기도 한 작품을 남겼다.

　산은 무한하다. 산은 변하지 않는다. 산은 마음을 즐겁고 편
안하게 한다. 산은 세상 사람들이 바쁘게 지내는 일상생활과
는 다른 경지가 있다는 것을 알려준다. 이런 생각을 앞뒤에 든
여러 시와 함께 나타냈으면서 강조점이 다르다.

　앞에서 든 원감의 시에서는 산이 무한하며 마음을 즐겁고 편
안하게 한다는 것만 말했다. 여기서는 세상 사람들이 바쁘게
지내는 일상생활과는 다른 경지가 산에 있다고 했다. 산은 변
하지 않고 한가한 것을 산승만 알고 선방의 빗장을 건다고 했
다. 세속과 거리를 두어 깨달은 경지를 지키려고 하는가? 바깥
의 사람들이 청산을 더욱 동경하도록 하는가? 이런 의문을 제
기한다.

제15장
선시, 말과 이치 넘어서서

혜심(惠諶), 〈말의 길이나 이치의 길을 가지 말고(言
路理路不得行)〉

言路理路不得行
無事匣裏莫坐在
擧起之處勿承當
亦莫將迷要悟待
恰到無所用心處
終不於此却打退
忽然打破漆桶來
快快快快快快快

말 길이나 이치 길을 가지 말고
일 없이 상자 안에 들어 있지도 마라.
들어 보이는 것을 시인하려고 하지 말며,
미혹함이 있다고 깨치기를 기대하지도 말아라.
마음 쓰지 않는 경지에 흡족하게 이르러,
마침내 거기서 물러나지 말아라.
갑자기 새카맣게 칠한 통을 부수면,
유쾌하고 유쾌하며 유쾌하지 않은가.

혜심은 한국 고려후기 선승이다. 이 작품에서 선시 총론이라
고 할 수 있는 것을 보여주었다. 순수한 존재라고 여긴 궁극의
실체가 있으면서 없고, 고요하면서 움직이는, 현상이면서 본
질인 총체라고 하는 전제는 생략하고, 그 대상과 합치되는 유
쾌한 경지에 이르려면 스스로 각성해 생각을 바꾸어야 한다고
했다. 창작 방법을 제시해 실제적인 도움이 되고자 했다.

시 전반부에서 생각을 어떻게 바꿀 것인지 네 조목을 들어
말했다. 말이나 이치를 신뢰해 해결 방법으로 삼지 말아야 한
다. 상자 안에 갇혀 있는 것같이 막힌 소견을 그대로 두고 아
무것도 하지 않은 채 시간을 보내는 것은 더욱 어리석다. 안다

는 사람을 만나 베풀어주는 설명을 듣고 시인하고 수용하면 해결책이 생기는 것도 아니다. 미혹함이 있다고 시인하고 깨치기를 기대하는 것도 마땅하지 않다. 이렇게 해서 사용 가능하다고 생각되는 모든 방법을 다 거부했다. 남의 시를 읽고 자기 시를 짓는 것이 부질없는 일이다. 시와 함께 모든 논설의 의의도 부정했다.

그렇다면 무엇이 해결책인가? 후반의 넉 줄에서 해답을 제시했다. "마음 쓰지 않는 경지에 흡족하게 이르러"라고 한 것이 핵심이다. 그 경지에 이르러서 물러나지 않으면, "새카맣게 칠한 통"이라고 한 그릇된 소견을 일거에 청산하고, 있으면서 없고, 고요하면서 움직이는, 현상이면서 본질인 총체와 합치되어 유쾌하기 이를 데 없다고 했다. 이것이 깨달은 경지이다. 출가해 도를 닦는 사람들이 수많은 고난을 겪어도 이르기 어려운 경지라고 생각하면 공연한 말을 했다고 할 수 있다. 이런 말을 듣고 따르면 해결책이 생기는 것은 아니라고 했다. 그러면 어떻게 해야 하는가? "마음 쓰지 않는다"고 하는 것이 핵심이어서 누구나 어렵지 않게 실행할 수 있다고 했다.

여기서 제시하는 방법으로 창작하는 선시는 맑고 깨끗한 마음가짐을 자연의 모습을 들어 나타내는 것과 다르다. 자연의 아름다움에 대한 애착도 버리고, 맑다느니 깨끗하다느니 하는 분별을 넘어섰다. 말과 이치를 넘어서는 역설이나 반어를 마련했다.

경한(景閑), 〈하는 일 없이 한가한 도인(無爲閑道人)〉

無爲閑道人
在處無蹤跡
經行聲色裏
聲色外威儀

하는 일 없이 한가한 도인은
어디에 있든지 자취라고는 없네.
성색 속을 거닐고 있지만,
성색에서 벗어난 위의라네.

경한도 한국 고려후기 선승이다. 깨닫는다는 것이 무엇이고,
깨달은 사람은 어떻게 처신하는가? 이런 의문을 가지고 이 시
를 지었다.

여기서 말하는 도인(道人)은 불법의 도를 깨달은 사람이다.
하는 일 없이 한가한 도인은 아무 일도 하지 않고 지내지 않는
다고 했다. 할 일을 하면서도 아무 일도 없는 듯이 한가하다
고 했다. "어디에 있든지 자취라고는 없네"는 다른 말로 하면,
자취라고는 없으면서 어디든지 있다는 것이다. 후반에서는 좀
더 포괄적인 해명을 해서 소리와 색깔을 뜻하는 성색 속에 있
지만 성색을 벗어났고, 성색을 벗어났으면서 성색 속에 있다
고 했다.

이런 논법을 시에 적용할 수 있다. 시는 말 속에 있으면서
말을 벗어나 있다. 말 속에 있어야 하므로 시를 말로 쓰지만,
말을 벗어나 있어야 시가 말이 아니고 시일 수 있다. 모든 시
인은 말에서 벗어날 수 있게 말을 사용하는 시를 쓰는 경쟁을
벌인다. 벗어나는 것을 목표로 삼고 말을 고르고 다듬었다. 그
러면서 이 시는 궁벽에서 벗어나 장애를 깨부수어 소통이 자유
롭게 했다. 너무 쉬운 말을 내놓아 충격을 받고, 넓게 열려 있
는 벗어나는 길을 찾게 한다.

정관(正觀), 〈본성을 본 것 보인다(降示觀性)〉

似有似無非有無
無言無說亦無法
一帶秋水無烟處

194

浪花初靜舟自橫

있는 듯 없는 듯 있음도 없음도 아니고,
말이 없고 말하지 않으며 진리도 없다.
한 가닥 가을물 안개 없는 곳에서
물결이 고요해지니 배 한 척 지나가네.

　정관은 한국 조선시대 말기의 선승이다. 이 시에서 있음도 아
니고 없음도 아닌 것은 말을 해서 나타내야 할 진리가 아니라고
했다. 그렇다고 해서 무념무상(無念無想)의 경지를 지키면서 의
식 활동을 중단해야 하는 것은 아니다. 사물에 대한 인식은 계
속해서 하면서 집착하지 않아야 한다고 했다. 안개가 걷히고 고
요해진 가을 물결에 배 한 척 지나가듯, 그런 경지에 이른 마음
에 무엇이든 아무 흔적도 남기지 않고 떠오른다고 했다.
　가을 물에 배가 지나간다는 것은 여러 시에 되풀이되어 나오
는 심상이다. 가을 물은 차고 고요하다. 배는 한 척만 고요히
지나간다. 실은 것 없는 빈 배이다. 이런 말을 함께하고 시간
은 밤이라고 하는 것이 예사이다. 여기서는 시간이 밤이 아닌
낮이고, 안개마저 없다고 했다. 지나갈 것이 지나가면서 흔적
을 남기지 않는 각성의 경지를 명료하게 하고자 했다.

성우(惺牛), 〈깨달음의 노래(悟道頌)〉

忽聞人語無鼻孔
頓覺三千是我家
六月鳶巖山下路
野人無事太平歌

홀연히 콧구멍이 없다는 사람 말을 듣고
갑자기 삼천 세계가 내 집인 줄 깨닫는다.

유월 솔개 바위 산 아래 길에서
들사람은 일없이 태평가를 부른다.

성우는 한국 근대의 선승이다. 이 시는 기존 관념을 뛰어 넘
어 없애는 말로 이루어져 있다. 논리 전개를 찾고 연관관계를
더듬어 풀이할 수 없게 해놓았다. 무엇을 뜻하는지 안다고 하
면 거짓이게 만들었다. 그러나 소통을 거부하는 것은 아니다.
우둔한 독자의 머리통을 쳐서 꿈에서 깨어나게 하려고 했다.
지식을 버리고 마음을 비우면 활짝 열린 채 다가온다. 난해하
다고 여겨 공연히 겁을 먹지 않으면 쉽게 이해된다.

처음 두 줄에서는 자기 혁신을, 나중 두 줄에서는 세상 인식
을 말했다. 첫 줄에서는 극도로 막혔다가, 둘째 줄에서는 최대
한 열렸다. 콧구멍이 없다고 할 만큼 극도로 막힌 것은 남들이
하는 말이다. 둘째 줄에서 삼천 세계가 내 집이라는 것은 자기
의 깨달음이다. 셋째 줄에서는 자연의 모습을 그렸다. 유월에
솔개가 나는 것은 생명의 약동이다. 생명이 약동하는 곳에 길
이 나 있으니 희망이 넘친다고 할 수 있다.

마지막 줄에서 들에서 일하는 사람이 아무 근심 없이 태평가
를 부르니 삶의 환희가 넘친다고 했다. 깨달음이란 생명의 약
동으로, 삶의 환희로 나아가는 길이 아닌가. 그렇다면 들에서
일하는 사람이 선승 이상의 선승이다.

한용운, 〈춘주(春晝)〉

따스한 볕 등에 지고 유마경 읽노라니,
가벼웁게 나는 꽃이 글자를 가린다.
구태여 꽃 밑 글자를 읽어 무삼하리오.

봄날이 고요키로 향을 피고 앉았더니,

196

삽살개 꿈을 꾸고 거미는 줄을 친다.
어디서 꾸꿍이 소리 산을 넘어 오더라.

   한국 현대의 승려시인 한용운은 이런 시조를 남겼다. 한시가
아니어서 쉽게 읽을 수 있다. 풀이가 필요한 구절은《유마경》
(維摩經)뿐이고, 다른 말은 누구나 다 아는 것이다.
   《유마경》은 유마거사의 행적을 다룬 경전이다. 유마거사는
재가의 거사이면서도 불교의 깊은 뜻에 통달한 대승불교의 이
상적 인물이다. 〈입불이법문〉(入不二法門)에서 문수보살(文殊
菩薩)이 유마거사에게 물었다. "어떻게 하면 보살이 불이법문
(不二法文)에 들어갑니까?" 유마거사는 아무 말이 없었다. 문
수보살이 찬탄해 말했다. "참으로 훌륭합니다. 진리의 세계는
문자나 말이 있을 수 없는 일이니 이것이 진실로 불이법문에
들어가는 것입니다."
   첫 수에서 유마거사의 행적을 본받으려고《유마경》을 읽었
다고 하는 것이나, 둘째 수에서 향을 피우고 앉아 마음을 가다
듬었다는 것이나, 불교의 통상적인 수행이다. 그런 수행은 봄
날 한낮의 자연스러운 밝음과 어울리지 않은 인위적인 행위이
다. 인위적인 수행의 잘못을 자기는 알아차리지 못하는데, 봄
날이 깨우쳐주었다고 했다.
   《유마경》을 읽고서 진리에는 말이 있을 수 없다는 것을 안다
면 크게 잘못 되었다. 진리에는 말이 있을 수 없다고 써 놓은
말은 뜻하는 바를 스스로 부정하므로 헛되다. 말을 버리고 마
음으로 봄날을 보라고 꽃잎이 떨어져 적어놓은 말을 가린다.
문자를 떠나 실상을 보라는 봄날의 가르침을 꽃잎이 전한다.
   봄날은 그냥 머물러 있지 않다. 꽃잎이 떨어질 뿐만 아니라
삽살개 꿈을 꾸고 거미는 줄을 친다. 어디선가 "꾸꿍"이라고
우는 새 소리도 들린다. 앞의 시에서 "유월 솔개 바위 산 아래
길에서/ 들사람은 일 없이 태평가를 부른다"고 한 생명의 약동
과 삶의 환희를 안온하고 다정히게 말했디. 유월이 되기 전 봄
날의 광경을 보여주었다.

제16장
선시를 넘어서서

소웅(邵擁), 〈맑은 밤에 읊는다(淸夜吟)〉

月到天心處
風來水面時
一般淸意味
料得少人知

달이 하늘 가운데 이르고
바람은 물 위로 불어올 때,
이렇게 맑고 깨끗한 느낌
헤아려 아는 이 적구나.

모든 것과 하나가 되는 맑고 깨끗한 마음을 통상적인 말과
이치를 넘어서서 찾는 시가 불교의 선시만은 아니다. 그것은
인류 공통의 소망이어서 다른 시인들도 추구했다. 선시를 넘
어선 선시라고 할 것들이 여기저기 있다.

중국 송나라 사람 소웅이 지은 이 시를 보자. 불교의 자극을
받고 분발해, 도가의 발상을 이어받아 유가철학의 새로운 경
지를 개척한 것을 보여준다. 사물의 이치를 깊이 살핀 것을 마
음공부로 삼아 높은 경지에 이르렀다고 알린다.

달이 하늘 가운데 이르고 바람이 물 위로 불어오니 맑고 깨
끗한 느낌이 다가온다. 이런 일차적인 의미로 이해할 수 있는
말을 그저 하고 만 것은 아니다. 달이 하늘 가운데 이르고 바
람이 물 위로 불어오는 것은 천지운행의 원리가 나타난 모습
이라고 하는 것이 이차적인 의미이다. 그 원리를 깨달아 알고,
다른 어떤 의심도 없이 정신이 맑고 깨끗하게 된 것을 헤아려
아는 이가 드물다고 했다.

곽재우(郭再祐), 〈마음을 읊는다(詠懷)〉

心田無草穢
性地絶塵棲
夜靜月明處
一聲山鳥啼

마음 밭에는 잡초가 없고
본성 땅은 세상 먼지 끊겼다.
밤 고요하고 달 밝은 곳에
한 마디 소리로 산새가 운다.

　곽재우는 한국 조선시대 선비이다. 임진왜란 때 의병장으로 나섰다가 전후에 은거하면서 이런 시를 지었다. 같은 제목의 시 세 수 가운데 둘째 것이다. 잡초도 먼지도 없는 깨끗한 마음 고요한 밤 밝은 달과 하나를 이루어 구별되지 않는다. 한 마디 소리로 산새가 우는 것은 자기 마음의 움직임이다. 아무것도 없는 데서 맑고 깨끗한 소리가 난다.

타고르Rabindranath Tagore, 〈카비르의 시 Poem of Kabir〉

How may I ever express that secret word ?
O how can I say He is not like this, and He is like that ?
If I say that He is within me, the universe is ashamed:
If I say that He is without me, it is falsehood.
He makes the inner and the outer worlds to be indivisibly one:
The conscious and the unconscious, both are His footstools.
He is neither manifest nor hidden,
He is neither revealed nor un-revealed :
There are no words to tell that which He is.

오, 나는 그 비밀스러운 말을 어떻게 나타내야 하나?
오, 그분이 이렇지 않고 저렇다고 어떻게 말할 수 있나?
그분이 내 속에 있다고 하면, 세상이 부끄럽다고 한다.
그분이 내 속에 있지 않다고 하면, 그것은 거짓말이다.
그분은 내면세계와 외면세계가 나누어지지 않게 한다.
의식과 무의식이 모두 그분의 발판이다.
그분은 드러나지도 않고, 감추어지지도 않고,
나타나지도 않고 숨지도 않는다.
그분이 누구인지 할 말이 없다.

　모든 것과 하나가 되는 맑고 깨끗한 마음을 통상적인 말과 이치를 넘어서서 찾는 시를 힌두교의 전통을 지닌 인도 시인들도 오래 전부터 널리 모범이 되게 이룩했다. 그러나 원문을 읽을 수 있는 작품만 다룬다는 이 책 저술의 원칙 때문에 근접하지 못하고 있다.　타고르, 《카비르 시 백 편》(Rabindranath Tagore, A Hundred Poems of Kabir, London: Indian Society, 1914)은 타고르 자신이 영어로 썼으므로 접근이 가능하다.

　그 책은 15세기 인도 힌두교의 성자 시인 카비르의 시 영역본이다. 힌디어로 지은 시가 구전되다가 벵골 지방에 이르러서 벵골어로 번역되어 정착된 것을 원천으로 했다. 그 가운데 100편을 선정해 타고르가 영어로 옮기면서 상당한 정도의 의역을 했다. 카비르 시의 구전자 · 번역자 · 수집자 · 기록자들의 합작에 타고르가 참가해 타고르 자신의 작품을 만들었다. 제목은 따로 없고, 이 작품은 제9번이다.

　신성하게 여겨 받드는 "그분"이 따로 구분할 수 없고 무어라고 명명할 수 없는 존재의 총체라고 했다. 외면과 내면, 의식과 무의식, 드러남과 감추어짐, 나타남과 숨음 가운데 그 어느 쪽도 아니라고 하는 데 모든 것이 포괄된다. 시인은 존재하는 것들의 일부를 선택해 일상생활과 관련시켜 노래하면서 그 전체로 나아가, 일상이 초월임을 알게 하는 임무를 지닌다고 여겼다.

귀유빅 Eugège Guillevic, 〈시론 Art poétique〉

L'océan lui aussi
Ecrit et ne cesse d'écrire.

A chaque marée
Il écrit sur le sable.

Il écrit tous les jours,
Toujours la même chose.

C'est sans doute
Ce qu'il doit se dire,

La même chose et pourtant
Qui s'en fatigue ?

Ne le jalouse pas :
C'est l'océan.

대양(大洋)도 또한
시를 쓴다, 멈추지 않고 쓴다.

물을 밀어낼 때마다
모래 위에 시를 쓴다.

날이면 날마다 쓴다,
언제나 같은 것을.

의심할 바 없이
써야 하는가 보다.

같은 것만 쓰고서도
지겹지 않은가?

질투는 하지 말기 바란다.
대양이 하는 일이다.

　모든 것과 하나가 되는 맑고 깨끗한 마음을 통상적인 말과
이치를 넘어서서 찾는 시는 예전에 동양에만 있다가 지금은 사
라진 것이 아니다. 그런 시는 동양뿐만 아니라 서양에도, 예전
이 아닌 오늘날에도 있다. 종교적인 배경이 없어도 된다. 흔히
보이지 않는 드문 예를 찾아 미흡하지만 평가할 수 있다.
　귀유빅은 프랑스 현대시인이다. 브르타뉴 출신이어서 브르
타뉴 말로도 시를 쓴다. 순수시를 표방한 난해시나, 시야를 어
지럽혀 당황하게 하는 초현실주의 시가 행세하던 시기를 지
나, 시가 다시 쉬워지고 짧아지는 전환을 보여주어 환영받았
다. 감정을 내세우지 않고 수식을 배제하며, 사물을 있는 그대
로 보여주는 단순한 언사로 단순하지 않은 생각을 나타냈다.
　바다에서 파도가 밀려와 언제나 같은 모습으로 모래를 적시
는 광경을 몇 마디 말로 묘사했다. 그런데 제목을 〈시론〉이라
고 하고, 첫 줄에서 바다도 또한 시인이 하듯이 쓴다고 했다.
파도가 되풀이해서 밀려오는 것은 바다가 쓰는 시라고 했다.
'바다'(mer)가 아닌 '대양'(océan)이 그렇게 한다고 했다. 큰
바다는 대우주의 모습을 보여준다. 대우주의 움직임이 거대한
시이다.
　대우주의 움직임과 같은 시를 쓰는 것이 마땅하다. 시인이
자연을 떠나 자기 나름대로의 창조를 하려고 하거나, 자연의
이면에 숨은 비밀을 캐려고 하는 것은 잘못이다. 자연과 하나
가 되어 함께 움직이는 것이 시인이 할 일이다. 반복을 지겹게
여긴다든가, 자연을 보고 질투를 하는 미숙한 단계를 넘어서
시인이 할 일을 크게 깨달아야 한다고 했다.

이호우, 〈개화(開花)〉

꽃이 피네, 한 잎 두 잎.
한 하늘이 열리고 있네.

마침내 남은 한 잎이
마지막 떨고 있는 고비.

바람도 햇볕도 숨을 죽이네.
나도 가만 눈을 감네.

　좋은 본보기가 가까이에도 있다. 한국 현대의 시조시인 이호
우는 이 작품에서 꽃이 피는 것을 보고 하늘이 열린다고 했다.
새로운 세계가 열리는 경이를 최소의 것에서 최대의 것으로 나
아가면서 바라보았다. 꽃의 마지막 한 잎이 피려고 떨고 있는
순간 바람도 햇빛도 숨을 죽이는 데 참여해 눈을 감으면서 우
주 전체의 위대한 창조에 동참한다고 했다.

제17장
시간이 흐른다

세이시(誓子), 〈**귀뚜라미여...**(きりぎりす..)〉

きりぎりす
この家(いえ)
刻刻(こくこく)
古(ふる)びつつ

귀뚜라미여
이 집
시시각각
낡아간다

　세이시는 일본의 현대시인이다. 하이쿠(俳句)를 지어 일본에서는 가인(歌人)이라고 한다. 오랜 전통이 있는 하이쿠를 새롭게 가다듬어 이런 참신한 작품을 내놓았다.
　일본시인답게 미시적인 성찰의 극치를 보여주었다. 귀뚜라미가 우는 시간에 울고 있는 장소인 집이 시시각각 낡아간다고 했다. 집은 사람의 집이다. 사람에 관한 말은 하지 않고 사람도 늙어간다고 암시했다.

짱커쟈(臧克家), 〈**삼대**(三代)〉

孩子
在土裏洗藻
爸爸
在土裏流汗
爺爺
在土裏葬埋

아이는
흙에서 미역 감고,

아버지는
흙에서 땀 흘리고,
할아버지는
흙에 묻혀 있다.

짱커쟈는 중국의 현대시인이다. 위에서 든 일본의 세이시와
함께 시간이 긴요한 관심사임을 확인하고, 짧은 시에서 많은
것을 말했다. 그러면서 관점이 아주 다르다. 세이시는 일본시
인답게 미시적인 성찰의 극치를 보여주었다고 했다. 짱커쟈는
중국시인이어서 거시적인 시야를 갖추었다.

몇 마디 되지 않는 말에다가, 흙에서 미역 감는 아이, 흙에
서 땀 흘리는 아버지, 흙에 묻혀 있는 할아버지, 이 삼대의 삶
을 연속해 말해 충격을 준다. 사람의 생애에는 흙에서 놀고 일
하고 죽는 것 외에 다른 무엇이 없다. 아이가 자라 아버지가
되고, 아버지가 할아버지가 되어 죽고, 아이가 다시 태어나는
것이 인간의 역사이다. 21자만 사용해 역사의 시간을 말하는
거작을 이룩했다.

아폴리내르Guillaume Apollinaire, 〈미라보 다리Le Pont
Mirabeau〉

Sous le pont Mirabeau coule la Seine
          Et nos amours
Faut-il qu'il m'en souvienne
La joie venait toujours après la peine.

          Vienne la nuit sonne l'heure
          Les jours s'en vont je demeure

Les mains dans les mains restons face à face

Tandis que sous
Le pont de nos bras passe
Des éternels regards l'onde si lasse

Vienne la nuit sonne l'heure
Les jours s'en vont je demeure

L'amour s'en va comme cette eau courante
L'amour s'en va
Comme la vie est lente
Et comme l'Espérance est violente

Vienne la nuit sonne l'heure
Les jours s'en vont je demeure

Passent les jours et passent les semaines
Ni temps passé
Ni les amours reviennent
Sous le pont Mirabeau coule la Seine

Vienne la nuit sonne l'heure
Les jours s'en vont je demeure

미라보다리 아래 세느강이 흐르고
우리 사랑도
기억해야 하는가 지난 날을
기쁨은 언제나 고통 뒤에 온다

밤이여 오라 종이여 울려라
나날은 가고 우리는 남는다

손에 손을 잡고 얼굴을 마주 보자
우리 팔의 다리 아래로

영원한 시선의 나른한 물결이
강물과 함께 흘러가는 동안에

　　　밤이여 오라 종이여 울려라
　　　나날은 가고 우리는 남는다

사랑은 흐르는 이 물처럼 가버린다
　　　사랑은 가버린다
삶은 느리게 진행되는데
바라는 바는 강렬하다

　　　밤이여 오라 종이여 울려라
　　　나날은 가고 우리는 남는다

나날이 지나고 여러 주일이 지나도
　　　시간은 가지 않고
사랑은 돌아오지 않는다
미라보다리 아래로 세느강이 흐른다

　　　밤이여 오라 종이 울려라
　　　나날은 가고 우리는 남는다

　프랑스 현대시인 아폴리내르가 지은 널리 알려진 시이다. 수
다쟁이 서양시인답게 사설이 번다하다. 사라지는 것은 강물과
같다고 동서고금의 시인이 거듭 해온 말을 자기 나름대로 다듬
어 강물이 흐르는 모습을 보여주듯이 배열했다.
　미라보다리는 파리 세느강에 놓인 다리의 하나인데 이름이
아름다워 선택되었다. 다리 위에 서서 강물을 내려다보면서
떠오르는 감회를 노래했다. 사랑이 강물과 함께 사라지는 것
을 아쉬워하고 남은 시간을 소중하게 보내자고 하면서, 이 말
저 말 생각나는 대로 갖다 붙였다. 무슨 말을 하는지 멈추어

생각하지 못하고 흐름을 따르도록 이끌어 나갔다.

　작품의 핵심을 이루는 주제는 시간이다. 강물도 사랑도 흘러
가는 시간에 관해 말하려고 선택했다고 할 수 있다. 시간은 가
지 않는 것 같으면서 간다. 시간과 함께 사라지는 것들도 있고
남는 것들도 있다. 시간은 느리기도 하고 빠르기도 하다. 시간
은 기쁨을 주기도 하고 슬픔을 주기도 한다. 이처럼 모순되게
얽혀 있는 총체 가운데 얼마쯤을 가능한 범위 안에서 담아냈다.

김소월, 〈산유화(山有花)〉

산에는 꽃 피네
꽃이 피네
갈 봄 여름 없이
꽃이 피네

산에
산에
피는 꽃은
저만치 혼자서 피어 있네

산에서 우는 작은 새여
꽃이 좋아
산에서
사노라네

산에는 꽃 지네
꽃이 지네
갈 봄 여름 없이
꽃이 지네

한국시인 김소월은 이 시에서 말을 많이 하지 않았다. 계절이 바뀌면서 산에서 꽃이 피고 지는 모습을 꽃이 좋아 산에서 사는 새와 함께 보여주기만 했다. 그 이상 다른 사연이 없어 많은 것을 생각하게 한다. 깊이 새겨 이해하면 시간의 흐름에 대한 깊은 성찰을 목소리를 최대한 낮추어 전한 것을 알 수 있다.

위에서 든 세 작품과 전연 달리, 이 시에는 사람이 없다. 사람이 만든 것도 없다. 오직 자연이 있을 따름이다. 사람이 개입하지 않은 자연은 시간의 흐름을 그 자체로 보여준다. 사람이 할 일은 자연의 시간을 관찰하고 이해하는 것이다. 산에서 사는 새는 피고 지는 꽃을 좋아할 따름이지 시간은 의식하지 않는다. 사람도 새를 본받아 시간을 따로 분리하거나 시간의 흐름을 바꾸어놓으려고 하지 말아야 한다.

시간은 그냥 흐르지 않는다. 시간은 흐르면서 생성과 소멸을 빚어낸다. 생성이 있어 소멸이 있고, 소멸이 있어 생성이 있다. 생성과 소멸이 모든 존재의 현상이고 본질이다. 현상과 본질의 구분은 없다. 이러한 사실을 그대로 받아들이면 그만이고, 사실과 어긋나는 관념적 사고는 하지 말아야 한다.

제18장
시간에 휘둘리어

작자 미상, 〈넓으나 넓은...〉

넓으나 넓은 들에 흐르니 물이로다.
인생이 저렇도다 어디로 가는게오?
아마도 돌아올 길이 없으니 그를 슬퍼하노라.

　고시조에 이런 것이 있다. 시간의 흐름이 물 흐르는 것과 같
다고 한다. 물처럼 흐르는 시간이 인생의 행로라고 한다. 인생
의 행로가 앞으로 나아가기만 하고 돌아가지는 못한다고 한탄
한다.

하이네 Heinrich Heine, 〈몇 시간, 며칠, 영원 Stunden,
Tage, Ewigkeiten〉

Stunden, Tage, Ewigkeiten
Sind es, die wie Schnecken gleiten;
Diese grauen Riesenschnecken
Ihre Hörner weit ausrecken.

Manchmal in der öden Leere,
Manchmal in dem Nebelmeere
Strahlt ein Licht, das süß und golden,
Wie die Augen meiner Holden.

Doch im selben Nu zerstäubet
Diese Wonne, und mir bleibet
Das Bewußtsein nur, das schwere,
Meiner schrecklichen Misere.

몇 시간, 며칠, 영원은
달팽이와 같다고나 할까,

회색을 띤 이 느림보가
나서려고 뿔을 내민다.

여러 번이나 황폐한 적막에서,
여러 번이나 안개 낀 바다에서,
황금빛 빛이 감미롭게 비쳤다.
내 사랑하는 사람의 눈빛과 같이.

그러나 순간에 기쁨이 사라지고,
내게 남아 있는 것이라고는
무겁게 짓누르는 의식뿐이라,
나는 처참하게 불행하다고

　　독일의 낭만주의 시인 하이네가 시간에 관해 쓴 시이다. 재목에서 〈몇 시간, 며칠, 영원〉이라는 말을 내세웠다. 그 셋이 다르다고 하지 않고 같다고 했다. 짧고 긴 차이가 있어도 시간의 흐름은 마찬가지라고 했다.

　　시간은 너무나도 느리게 흐른다. 기쁨은 순간에 나타났다가 사라진다. 기쁨이 사라지면 처참한 불행에 대한 자각이 더욱 힘들어진다. 이 세 가지 명제를 들어 시간이 횡포를 부린다고 했다. 시간이 횡포를 부리는 역설 앞에 사람은 무력하다고 했다.

송락(宋犖), 〈**떨어지는 꽃**(落花)〉

昨日花蔌蔌
今日落如掃
反怨盛開時
不及未開好

어제 꽃이 어지럽게 흩날리더니

오늘은 쓸어버리는 듯 떨어지네.
활짝 피었을 때가 원망스러워라,
피지 않았을 때의 좋음만 못하다.

중국 청나라 시인 송락은 꽃을 본보기로 들어 시간에 관해
이런 시를 지었다. 꽃은 활짝 피고, 흩날리고, 쓸어버리는 듯
이 떨어진다고 했다. 변화가 나타나기 전에 꽃이 아직 피지 않
았을 때가 좋다고 했다.

시간은 매몰차게 흘러가 후회를 남긴다. 무엇이든지 절정에
이르면 쇠퇴한다. 기대가 실현된 것보다 기대를 품고 있을 때
더욱 행복하다.

셰익스피어 William Shakespeare, 〈게걸스러운 시간이여
Devouring Time...〉

Devouring Time, blunt thou the lion's paws,
And make the earth devour her own sweet brood;
Pluck the keen teeth from the fierce tiger's jaws,
And burn the long—lived phoenix in her blood;
Make glad and sorry seasons as thou fleet'st,
And do whate'er thou wilt, swift—footed Time,
To the wide world and all her fading sweets;
But I forbid thee one most heinous crime:
O! carve not with thy hours my love's fair brow,
Nor draw no lines there with thine antique pen;
Him in thy course untainted do allow
For beauty's pattern to succeeding men.
Yet, do thy worst old Time: despite thy wrong,
My love shall in my verse ever live young.

게걸스러운 시간이여, 사자의 발톱을 무디게 갈고,

그 귀여운 후손을 대지가 삼키도록 해라.
호랑이의 턱에서 날카로운 이빨을 뽑아라.
오래 사는 불사조를 그 핏속에서 불태워라.
급히 지나가면서 기쁘고 슬픈 계절을 만들어라.
걸음이 잽싼 시간이여, 원하면 무엇이든지 해라.
넓은 세상에서, 퇴색하는 모든 감미로운 것들에서.
그러나 단 하나 흉측한 범죄는 저지르지 말라.
내 사랑의 아름다운 이마에 시간을 새기려고,
너의 골동품 펜으로 거기다가 줄을 긋지 말라.
네가 진행하는 과정에서 벗어나 있기를 허용해
후대인에게 아름다움의 전형을 보이게 하여라.
하지만, 너 늙고 고약한 시간아, 네가 잘못 해도
내 사랑은 내 시에서 언제나 젊게 살 것이다.

　영국의 극작가 셰익스피어는 소네트(sonnet) 형식의 서정시
도 썼다. 그 가운데 이런 것이 있다. 시간에 대한 생각을 잘 정
리해 나타냈다.

　처음 넉 줄에서는 시간의 흐름이 좋은 일을 한다고 했다. 사
자나 호랑이는 횡포를 부리는 권력자를 말한 것으로 생각된
다. 그런 무리가 시간과 더불어 힘을 잃고 사라지게 하는 것이
시간이 이룩하는 위대한 공적이다. 불사조 따위는 있을 수 없
다고 입증하는 것도 훌륭하다.

　그 다음 석 줄에서는 시간이 흐르면서 하는 일은 좋으니 나
쁘니 하고 평가할 필요가 없다고 했다. 세월이 마구 흘러가는
동안에 기쁨도 있고 슬픔도 있게 마련이다. 세상은 넓어 시간
이 맡아서 할 일이 많다는 것을 인정하자. 감미로운 것들도 퇴
색되게 마련이니 미련을 가지지 말아야 한다.

　그 다음 다섯 줄에는 시간의 흐름이 잘못 될 수도 있다고 했
다. 이마에다 줄을 그어 사랑이 늙게 하는 것은 횡포라고 나무
랐다. 사랑하는 사람이라고 하지 않고 사랑을 의인화해 "Him"

이라는 남성 대명사로 일컬었다. 모든 사랑을 총칭하는 의미를 지닌다고 할 수 있다.

마지막 두 줄에서는 시간의 흐름을 멈출 수 있다고 했다. 사랑을 노래하는 시는 변하지 않고 남아 있고, 시에서 찬미한 사랑은 언제나 젊고 아름다울 수 있다고 했다. "인생은 짧고 예술은 길다"고 하는 말을 시적 형상을 잘 갖추어 나타냈다.

제9장
시간 다스리기

작자 미상, 〈오늘이 오늘이라...〉

오늘이 오늘이라 매일이 오늘이라.
저물지도 말으시고 새지도 말으시고,
매양에 주야장상에 오늘이 오늘이소서.

　여기서는 시간을 강렬하게 의식하면서 현재가 변하지 않고
지속되기를 바란다. "每樣에 晝夜長常"은 모순을 내포한 말이
다. "晝夜"는 낮과 밤이다. 낮이 끝나야 밤이 시작되니 그 사이
시간이 경과했는데, "매양" 언제나 같은 모습으로 "장상" 항상
그대로 오늘이기를 바란다고 했다.

지브란Kahlil Gibran, 〈시간에 관하여On Time〉

And an astronomer said, "Master, what of Time?"
And he answered:
You would measure time the measureless and the
　immeasurable.
You would adjust your conduct and even direct the course of
　your spirit according to hours and seasons.
Of time you would make a stream upon whose bank you
　would sit and watch its flowing.
Yet the timeless in you is aware of life's timelessness,
And knows that yesterday is but today's memory and
　tomorrow is today's dream.
And that that which sings and contemplates in you is still
　dwelling within the bounds of that first moment which
　scattered the stars into space.
Who among you does not feel that his power to love is
　boundless?
And yet who does not feel that very love, though boundless,
　encompassed within the centre of his being, and moving not

form love thought to love thought, nor from love deeds to
other love deeds?

And is not time even as love is, undivided and placeless?

But if in your thought you must measure time into seasons,
let each season encircle all the other seasons,

And let today embrace the past with remembrance and the
future with longing.

천문학자가 말했다. "스승이시여, 시간이란 무엇입니까?"

스승이 대답했다:

너희는 세지 못할, 셀 수 없는 시간을 세고자 한다.

너희는 너희의 행동, 정신의 진로마저도 직접 시간과 계
절에 맞추려고 한다.

시간의 흐름을 만들어놓고 그 둑에 올라 앉아 지나가는
모습을 살피려고 한다.

그러나 너희 안에 시간이 없어 삶은 시간이 없는 것인 줄
안다.

어제는 오늘의 기억이고, 내일은 오늘의 꿈이기만 한 것
을 안다.

너희 안에서 노래하고 명상하는 것은 별들이 허공에 흩
어진 그 최초의 순간에 아직도 머무르고 있다.

너희들 가운데 누가 한없는 사랑의 힘을 느끼지 못하는가?

그리고 너희들 가운데 누가 사랑은 한없어도 존재의 중
심에 둘러싸여 있어, 사랑 생각에서 사랑 생각으로, 사
랑 행위에서 사랑 행위로 옮겨가지 못하는 것을 느끼지
못하는가?

사랑이 그렇듯이, 시간은 나누어지지 않고 처소도 없는
것이 아닌가?

그러나 생각에서라면 너희는 시간을 계절로 측정하고,
한 계절이 다른 모든 계절을 둘러싸게 한다.

그리고 현재가 과거를 기억으로 싸고, 미래를 소망으로

싸게 한다.

　지브란은 레바논에서 미국으로 이주한 신비주의적인 저술가이다. 인생의 여러 문제에 대한 종교적인 명상을 시로 나타낸 《예언자》(The Prophet)라는 책을 영어로 써내서 대단한 반응을 얻었다. 성자라고 칭송되기도 했다. 그 책 한 대목을 여기 내놓는다.

　《예언자》는 "스승"(Master)이라는 예언자가 누가 묻는 데 대해 깨달아 아는 바를 대답하는 방식으로 서술되어 있다. 시간에 대해 묻는 사람은 천문학자이다. 시간 연구를 직분으로 하는 천문학자가 시간이 무엇인지 몰라 스승에게 묻는다고 했다. 시간에 대한 지식은 누구보다도 더 잘 갖추었어도 시간에 적응하는 지혜는 몰라 물었다.

　스승의 대답은 과거나 미래에 마음을 빼앗기지 말고 현재에 충실하라고 한 것으로 이해된다. 이 정도라면 하나마나한 말이라고 여겨질 수 있어, 생각을 복잡하게, 표현을 교묘하게 해서 심오한 진리를 전달하는 것 같은 느낌을 주었다. 시간을 재고, 시간에 맞추어 살아가고, 시간을 이용하고 하는 공연한 짓을 그만두면 시간 때문에 번민하지 않아도 된다고 조금 차원을 높여 말하기도 한 것 같으나 분명하지 않다.

　"…less"라는 부정의 언표를 불교의 "無…"처럼 애용하고, 이중부정을 자주 사용하는 것도 상통하지만, 대등한 수준의 지혜를 말한 것 같지는 않다. 무엇을 말했는지 알려고 거듭 읽으면 더욱 헷갈린다. 지브란을 성자라고 칭송하는 이유를 이 시를 읽어서는 확인할 수 없다. 시간이라는 것은 도사 노릇을 어설프게 하면 마각이 드러나지 않을 수 없게 하는 난문제임은 확인할 수 있다.

그라네Esther Granek, 〈순간을 잡는다Saisir l'instant〉

Saisir l'instant tel une fleur
Qu'on insère entre deux feuillets
Et rien n'existe avant après
Dans la suite infinie des heures.
Saisir l'instant.

Saisir l'instant. S'y réfugier.
Et s'en repaître. En rêver.
À cette épave s'accrocher.
Le mettre à l'éternel présent.
Saisir l'instant.

Saisir l'instant. Construire un monde.
Se répéter que lui seul compte
Et que le reste est complément.
S'en nourrir inlassablement.
Saisir l'instant.

Saisir l'instant tel un bouquet
Et de sa fraîcheur s'imprégner.
Et de ses couleurs se gaver.
Ah ! combien riche alors j'étais !
Saisir l'instant.

Saisir l'instant à peine né
Et le bercer comme un enfant.
A quel moment ai-je cessé ?
Pourquoi ne puis-je… ?

순간을 잡는다, 양쪽 어린 잎
사이에 들어 있는 꽃과 같은.
그 전에도 그 후에도 아무것도 없는

시간의 무한한 흐름 속에서.
순간을 잡는다.

순간을 잡는다. 그곳을 살 곳이라고
숨어든다. 즐거워한다. 꿈을 꾼다.
그 잔해에 매달려
영원한 현재에 걸린다.
순간을 잡는다.

순간을 잡는다. 한 세계를 만들어
소중한 것을 되풀이한다.
나머지는 곁다리일 따름이다.
순간에서 줄곧 자양분을 얻는다.
순간을 잡는다.

순간을 잡는다, 꽃다발 같은.
그 신선함에 배어든다.
그 빛깔에 배부르다.
아, 그러면 나는 얼마나 부자인가.
순간을 잡는다.

순간을 잡는다, 갓 태어난.
어린아이를 흔들어준다.
언제 내가 그칠 것인가?
어째서 내가 할 수 없는가...?

그라네는 프랑스어로 창작하는 현대 벨기에의 여성시인이
다. 깔끔하고 인상 깊은 시를 쓴다. 시간에 관해 생각을 분명
하게 하고, 표현을 분명하게 한 것이 놀랍다. 앞에서 지브란의
시를 읽으면서 갑갑하게 여기던 느낌이 일거에 사라진다. 핵

심을 이루는 생각은 같다고 할 수 있는데 나타낸 모습이 아주 다르다.

동사 원형을 계속 사용해 행위자가 누구인지 말하지 않았다. 관심의 중심이 사람이 아니고 시간이다. 핵심만 간추려 제시하고, 말을 짧게 끊었다. 구체적인 것들은 배제하고, 보편성을 확보하고자 했다. 독자가 행위자가 되어, 자기 식견이나 경험에 따라 이해하도록 했다.

제1연에서 순간이 무엇인가 말했다. 순간은 꽃처럼 피어 있다고 했다. 그 꽃은 "두 어린 잎 사이에 들어 있"다고 한 말은 아직 잎은 피지 않고 꽃만 피어 있는 모습을 그린 것이면서, 과거나 미래는 "두 어린 잎"처럼 숨어 있고, 현재의 순간은 "꽃"처럼 나타나 있다는 뜻도 지녔다. 그래서 "그 전에도"라고 한 과거도, "그 후에도"라는 미래도 현재의 무한한 연속 속에서 한 순간을 잡는다고 했다.

제2연에서 순간이 얼마나 소중한지 말했다. 순간이 살 만한 곳이라고 여기고 도피처로 삼아 즐거워하고 꿈을 꾼다고 했다. 인생이 모든 근심에서 벗어나려면 순간을 잡는 것이 최상의 방법이라는 말이다. 순간은 난파선의 잔해와 같은 것이어서 붙잡고 매달리면 영원한 현재에 걸려 살아날 수 있다고 했다.

제3연에서 현재의 순간이 소중하고 나머지는 곁다리일 따름이라고 했다. 순간에서 자양분을 얻으면 되지 다른 것은 필요하지 않다고 했다. 순간은 언제나 새로 태어나니 꽃처럼 신선하고, 어린아이처럼 순수하다고 했다. 제4연에서 순간을 잡아 얻는 행복에 관해 납득할 수 있게 말했다.

제5연에서 "언제 내가 그칠 것인가?"라고 한 것은 죽음을 말한다. 죽지 않고 살아 있는 동안에는 언제나 순간을 잡아 새로움을 경험한다고 했다. "어째서 내가 할 수 없는가…?"라고 반문하면서 삶의 특권을 누린다고 했다.

시간은 항상 현재라고 생각하고, 현재 시간의 순간을 계속 잡으면 과거도 미래도 없다. 시간의 흐름에서 생기는 모든 번뇌에서 벗어난다. 언제나 새로 태어나 신선하고 순수한 순간에서 활력을 얻자고 했다.

호치민(胡志明), 〈맑은 하늘(晴天)〉

事物循環原有定
雨天之後必晴天
片時宇宙解淋服
萬里山河晒錦氈
日暖風淸花帶笑
樹高枝潤鳥爭言
人和萬物都興奮
苦盡甘來理自然

사물의 순환에는 정한 원리가 있어,
비 온 다음에는 반드시 하늘이 갠다.
어느덧 우주가 젖은 옷 벗어버리고,
만리 산하에서 비단 이불을 말린다.
날 따뜻하고 바람 맑아 꽃이 웃고,
큰 나무 물 오른 가지 새들이 지저귄다.
사람과 만물이 모두 흥에 들떠 있어,
고진감래가 자연스러운 이치로다.

월남 독립운동의 지도자인 이 사람은 시인이기도 했다. 1942년 8월부터 이듬해 9월까지 중국의 감옥에 수감되었을 때 지은 《옥중일기》(獄中日記) 한시 가운데 이런 것이 있다. 비가 오다가 날이 개어 자연히 화락한 모습을 즐거운 마음으로 그렸다.

시간이 잘못 흘러 고난을 가져왔다고 한탄하지 말자. 고진감래(苦盡甘來)라고 했듯이 고난이 다하면 즐거움이 오는 것이 시간 진행의 정한 이치이다. 좋은 시간이 올 때 하고 싶은

일을 하자. 절망하지 말고 기다리면서, 해야 할 일을 구상하고
준비하자. 때가 오면 놓치지 말아야 한다. 이런 각오를 다지면
서 어려움을 이겨냈다.

아라공Louis Aragon, 〈나는 시간을 앞지르려고 노래한다
Je chante pour passer le temps〉

Je chante pour passer le temps
Petit qu'il me reste de vivre
Comme on dessine sur le givre
Comme on se fait le coeur content
A lancer cailloux sur l'étang
Je chante pour passer le temps

J'ai vévu le jour des merveilles
Vous et moi souvenez-vous-en
Et j'ai franchi le mur des ans
Des miracles plein les oreilles
Notre univers n'est plus pareil
J'ai vécu le jour des merveilles

Allons que ces doigts se dénouent
Comme le front d'avec la gloire
Nos yeux furent premiers à voir
Les nuages plus bas que nous
Et l'alouette à nos genoux
Allons que ces doigts se dénouent

Nous avons fait des clairs de lune
Pour nos palais et nos statues
Qu'importe à présent qu'on nous tue
Les nuits tomberont une à une

La Chine s'est mise en Commune
Nous avons fait des clairs de lune

Et j'en dirais et j'en dirais
Tant fut cette vie aventure
Où l'homme a pris grandeur nature
Sa voix par—dessus les forêts
Les monts les mers et les secrets
Et j'en dirais et j'en dirais

Oui pour passer le temps je chante
Au violon s'use l'archet
La pierre au jeu des ricochets
Et que mon amour est touchante
Près de moi dans l'ombre penchante
Oui pour passer le temps je chante

Je passe le temps en chantant
Je chante pour passer le temps

나는 시간을 앞지르려고 노래한다
사는 날이 얼마 남지 않았어도
창문의 성에에다 그림을 그리듯이
마음에 흡족한 즐거움을 찾으려고
못에 돌을 던지는 장난을 하듯이
나는 시간을 앞지르려고 노래한다

나는 경이로운 나날을 살아왔다
그대와 나 그대는 기억하리라
나는 시간의 벽을 넘어왔다
경이로움을 귀에 가득 담으니
우리의 우주는 전과 같지 않다
나는 경이로운 나날을 살아왔다

이제 끼고 있던 손가락을 펴자
이마를 들어 영광을 향하자
우리가 맨 처음 눈으로 본다
구름이 우리보다 아래에 있다
종달새가 우리 무릎에서 난다
이제 끼고 있던 손가락을 펴자

우리는 달빛을 만들어냈다
우리의 궁전 우리의 동상을 위해
살육이 벌어져도 개의하지 말자
밤이 오고 또 다시 온다
중국이 공동체로 전환했다
우리는 달빛을 만들어냈다

나는 말하리라 나는 말하리라
모험하는 삶은 이렇다고
사람이 위대한 경지에 이르러
목소리가 숲 위로 들린다
산, 바다, 그리고 비밀 위로
나는 말하리라 나는 말하리라

시간을 앞지르려고 나는 노래한다
바이올린 줄 닳아 없어지게 하듯이
조약돌을 들어 물수제비를 뜨듯이
내 사랑이 마음을 얼마나 사로잡나
그림자 기울어지는 내 곁으로
시간을 앞지르려고 나는 노래한다

나는 시간을 앞지르려고 노래한다
시간을 앞지르려고 나는 노래한다

프랑스 현대시인 아라공은 공산주의를 신념으로 하는 참여 시인이다. 대중의 인기가 대단한 감미로운 서정시를 투쟁의 노래로 삼았다. 이것이 좋은 본보기이다.

아폴리네르, 〈미라보 다리〉처럼 시간의 흐름이 음악이 되게 나타냈다. 반복구가 이어지고, 문장부호는 하나도 없어 유려한 느낌을 준다. 음미하면서 읽는 시가 아니고 즐겁게 부르는 노래이게 했다. 그러면서 말하고자 하는 바는 아주 다르다. 시간이 흘러가는 대로 두지 않고 시간을 앞지르려고 노래한다고 했다.

노래 부르는 것은 "창문에 서린 성에다 그림을 그리"고, "못에 돌을 던지는" 것 같은 즐거운 장난이면서 "사는 날이 얼마 남지 않았어도" 쉬지 않고 하는 참여행위이다. 시간을 앞지른다는 것은 시대를 앞지른다는 말이다. 시간이 역사적 시간이다. 역사적 시간을 앞지르기 위한 투쟁을 노래를 불러서 한다고 했다.

시간을 앞지르면 경이로운 경험을 한다. 구름이 아래에서 보이는 높은 경지에 이른다. "우리의 궁전, 우리의 동상을" 비추어주는 달빛을 지어내는 것이 노래로 하는 투쟁이다. "누가 우리를 죽여도 물러서지 말자"고 하고, 계속 투쟁하면 "중국이 공동체로 전환"한 것 같은 혁명을 성취한다고 했다. "조약돌을 들어 물수제비를 뜨듯이"라는 말을 뒤에서도 해서 동심 어린 서정으로 혁명의 노래를 이어나갔다.

제20장
종말의 번민

슈토름Theodor Storm, 〈종말의 시작Beginn des Endes〉

Ein Punkt nur ist es, kaum ein Schmerz,
Nur ein Gefühl, empfunden eben;
Und dennoch spricht es stets darein,
Und dennoch stört es dich zu leben.

Wenn du es andern klagen willst,
So kannst du's nicht in Worte fassen.
Du sagst dir selber: »Es ist nichts!«
Und dennoch will es dich nicht lassen.

So seltsam fremd wird dir die Welt,
Und leis verläßt dich alles Hoffen,
Bist du es endlich, endlich weißt,
Daß dich des Todes Pfeil getroffen.

그것은 고통이라고 할 것이 아니고
조금 전에 알아차리는 점 하나일 따름이다.
그런데도 그대를 언제나 유혹하고
그런데도 그대의 삶을 어지럽힌다.

그대가 다른 사람에게 하소연하려고 해도
말로는 어떻게 해볼 수가 없다.
그대는 스스로 말한다, "아무것도 아니다" 라고.
그런데도 그것이 그대로 놓아주지 않는다.

그래서 이상하게도 세상이 낯설게 느껴지고,
조용히 모든 희망이 그대를 떠난다.
그대가 마침내 알아차릴 때까지
죽음의 화살이 그대에게 적중하는 것을.

독일 근대시인 슈토름은 시간에 관해 좀 더 심각한 말을 했
다. 시간을 멈출 수 없어 죽음이 다가온다. 죽음은 삶의 종말
이다. 종말이 다가오는 순간을 "종말의 시작"이라고 하고, 이
에 관해 집중적인 고찰을 했다. 독자도 움직임을 멈추고 깊이
생각하게 했다.

죽음은 한순간이어서 "점 하나"라고 했다. 점 하나가 절대적
인 작용을 해서 벗어나지 못하게 하고 모든 희망을 버리게 한
다. 누구의 도움을 청할 수 없고, 아무 것도 아니라고 부인해도
소용이 없다. 이상하게도 세상이 낯설게 느껴지다가 모든 관계
가 끝난다. 시인은 자기가 죽어본 듯이 말해 죽는 순간이 다가
온다는 것을 미리 알고 마음의 준비를 하고 있으라고 했다.

죽음이 시간의 횡포라고 여겨 벗어나려고 하거나 항변을 하
지 말고, 조용히 따르라고 했다. 죽은 다음 어떻게 되는가에
대해서 말하지 않았다. 그것은 시인의 관심사가 아니고 독자
가 알아야 할 일도 아니다. 알아야 할 것만 조용한 어조로 일
러주고 시가 끝났다.

구상, 〈임종 연습〉

흰 홑이불에 덮여
앰블런스에 실려간다.

밤하늘이 거꾸로 발 밑에 드리우며
죽음의 아슬한 수렁을 짓는다.

이 채로 굳어 뻗어진 내 송장과
사그라져 앙상한 내 해골이 떠오른다.

돌이켜보아야 착오투성이 한평생
영원한 동산에다 꽃 피울 사랑커녕

땀과 눈물의 새싹도 못 지녔다.

이제 허둥댔자 부질없는 노릇이지…

"아버지 저의 영혼을
당신 손에 맡기나이다"

시늉만 했지 옳게 섬기지는 못한
그분의 최후 말씀을 부지중 외우면서
나는 모든 상념에서 벗어난다.

또 숨이 차온다.

　한국 현대시인 구상은 죽음에 대해 이렇게 노래했다. 죽음에 이르는 과정을 실감 나게 묘사했다. 신앙에 의지해 죽음의 공포에서 벗어나고자 하면서도 확신이 없다. 제목을 〈임종 연습〉이라고 했다. 시에서 말한 사항을 마음에 새기면서 임종 연습을 한다는 말이다.

　죽음은 피할 수 없으므로 받아들여야 한다. 어떤 과정을 거쳐 죽게 되는지 미리 헤아려 준비하고 연습하는 것 외에 다른 대책은 없다. 유한한 인간은 무한한 시간 앞에서 무력해 삶의 종말인 죽음을 받아들여야 한다. 무한한 신을 믿고 구원을 받고자 하지만 뜻대로 이루어지지 않는다.

한산(寒山), 〈백학이..(白鶴...)〉

白鶴銜苦桃
千里作一息
欲往蓬萊山
將此充糧食

未達毛摧落
離群心惨惻
卻歸舊來巢
妻子不相識

백학이 고행의 복숭아를 물고
천리를 가다가 한 번 쉰다.
봉래산에 가려고 하면서
그것을 양식으로 삼는다.
도착하기 전에 털이 빠지고,
무리를 떠나 마음이 착잡하다.
물러나 옛 둥지로 돌아오니
처자가 알아보지 못한다.

　호를 한산이라고 하고, 성명과 생애는 밝혀지지 않은 중국
당나라 은사(隱士)가 《한산시》(寒山詩)라는 시집을 남겼다. 추
운 산에 들어가 숨어 살면서 세속의 욕망을 버리고 마음을 닦
는다고 한 데 공감하는 사람들이 애독한다. 이 시에서는 백학
과 같은 구도자가 되어 멀리 떠나가기를 바라다가 실패한 사람
의 이야기를 백학을 주인공으로 삼고 했다. 탈속의 수도가 지
나친 것은 경계했다.

　멀고 아득한 신선의 세계로 가려고 별난 방법으로 고행을 하
는 것은 잘못이다. 무리한 시도를 하면 자기 몸이 손상되기만
한다. 남들과는 다른 길을 찾으려고 하다가 비참하게 된다. 집
에 돌아와도 처자가 알아보지 못할 지경이 되니 얼마나 가련한
가. 이런 말을 하면서, 시간의 구속에서 벗어나고 죽음을 넘어
서려고 하는 무리한 시도는 그만두어야 한다고 했다.

예이츠W. B. Yeats, 〈죽음Death〉

Nor dread nor hope attend
A dying animal;
A man awaits his end
Dreading and hoping all;
Many times he died,
Many times rose again.
A great man in his pride
Confronting murderous men
Casts derision upon
Supersession of breath;
He knows death to the bone...
Man has created death.

두려움도 희망도 따르지 않는다,
죽어가는 동물에게는.
사람은 종말을 기다린다,
모든 것을 꿈꾸고 바라면서.
사람은 여러 번 죽고,
여러 번 일어난다.
위대한 사람은 자존심을 가지고
살인자들과 맞선다.
죽음을 없앤다는 데 대해
조소를 보낸다.
뼛속까지 죽음에 관해 안다.
사람이 죽음을 창조했다.

　아일랜드의 이름난 시인 예이츠는 죽음에 대해 이렇게 말했
다. 동물은 그냥 죽지만, 사람은 죽음에 대해 생각한다. 죽음
에서 많은 것을 기대한다. 자기 생각 속에서 여러 번 죽고 일
어난다. 여기까지는 모든 사람에게 동일한 사항이다.

위대한 사람은 두 가지 점에서 다르다고 했다. 살인자들과 당당하게 맞선다. 죽음을 두려워하지 않기 때문이다. 죽음을 없앤다고 하는, 죽지 않게 해준다고 하는 갖가지 신앙이나 언설에 대해서 조소를 보낸다.

위대한 사람은 예사 사람과 다르다고 할 것만은 아니다. 사람은 누구나 뼛속까지 죽음에 관해 안다. 알고 있는 것이 사람의 죽음이다. 사람의 죽음은 동물의 경우와 마찬가지로 생명이 종말에 이르는 자연적인 과정이 아니고, 사람이 알고 생각해낸 창조물이다.

제리장
시간을 넘어설 것인가

이언적(李彦迪), 〈무위(無爲)〉

萬物變遷無定態
一身閑寂自隨時
年來漸省經營力
長對靑山不賦詩

만물은 변천하고 정한 모습이 없으며,
이 한 몸 한적해 스스로 때를 따른다.
근래에는 이룩하는 힘 점차 줄어들어
길게 청산만 대하고 시를 짓지도 않는다.

　한국 조선시대 유학자 이언적은 이 시에서 변천하기만 하고 정한 모습이 없는 것이 만물의 특성이라고 했다. 그 특성을 무시하고 자기 나름대로 무엇을 이룩하고자 하는 것은 무리이다. 근래에는 나이가 들어 이룩하는 힘이 줄어들었다고 한 것이 다행이다. 자기가 때를 따를 줄 알고, 시도 짓지 않고 청산만 대한다고 한 것이 바람직한 경지이다. 짓지 않는다는 시를 지어, 무엇을 구태여 하지 않고 되는 대로 맡겨두는 무위가 자연과 합치되어 소중하다고 깨우쳤다.

　시간의 흐름에 거역하려고 하지 말고 시간의 흐름에 자기를 맡기는 지혜를 말했다.

　시간에다 자기를 맡기면 시간과의 간격이 생기지 않아 시간이 번뇌나 고통을 가져오지 않는다. 시간뿐만 아니라 모든 자연과 일체를 이루어 안정을 얻고 즐거움을 누리는 것이 삶의 마땅한 자세이다.

엘리어트T. S. Eliot, 〈네 개의 사중주The Four Quartets〉

Time present and time past

Are both perhaps present in time future
And time future contained in time past.
If all time is eternally present
All time is unredeemable.
What might have been is an abstraction
Remaining a perpetual possibility
Only in a world of speculation.
What might have been and what has been
Point to one end, which is always present.
Footfalls echo in the memory
Down the passage which we did not take
Towards the door we never opened
Into the rose—garden. My words echo
Thus, in your mind.
But to what purpose
Disturbing the dust on a bowl of rose—leaves
I do not know.

현재 시간과 과거 시간은
둘 다 아마도 미래 시간에 현존하고,
미래 시간은 과거 시간에 담겨 있으리라.
모든 시간이 영원히 현존한다면
모든 시간은 구원받을 수 없다.
있을 수도 있었던 것은 하나의 영원한 가능성으로
남아 있는 하나의 추상이다.
오직 사념의 세계에서
있을 수도 있었던 것과 있었던 것이
언제나 현존하는 하나의 목적을 지향한다.
발자국 소리가 기억 속에서 메아리친다,
우리가 걷지 않은 통로 저 아래 쪽으로,
우리가 열어본 적이 없는
장미원으로 들어가는 문 쪽으로. 내 말도 메아리친다,

이처럼, 여러분 마음속에.
그러나 무슨 목적으로
장미 잎 접시에 앉은 먼지를 터는지
나는 알 수 없다.

미국 태생의 영국시인 엘리어트는 〈네 개의 사중주〉라는 이름의 연작 장시 제1편의 서두에서 시간에 대해 이렇게 말했다. 앞에서는 시간에 관한 사변적인 논의를 전개했다. 말이 까다로워 자세하게 뜯어보기 어려우나, 현재·과거·미래의 시간은 각기 존재하면서 또한 연속되어 있다. 연속된 현재만 있다고 하는 추상적인 사고만 한다면 구원받아야 할 인간의 삶이 배제된다. 현재·과거·미래가 각기 존재한다고 하면 "발자국 소리가 기억 속에서 메아리친다"고 한 것은 시간의 연속성을 부정한 잘못이 있다.

사람은 현재·과거·미래의 연속 속에서 살면서 그 셋의 구분을 넘어선 영원을 지향한다고 "우리가 걷지 않은 통로 저 아래 쪽으로" 이하의 일곱 줄에서 말했다. 한 번도 열어본 적 없는 문은 초월의 세계로 들어가는 입구이다. 현재·과거·미래의 구분이 부정되고 영원한 시간만 있는 신의 영역이다. 사람은 이유는 모르면서 누구나 한 번도 열어본 적 없는 문을 향하고, 장미 잎 접시에 앉은 먼지를 털면서 영원한 시간으로 나아가려고 한다고 했다.

영원한 시간은 신의 영역이라고 한 것은 기독교의 발상이다. 기독교의 신앙이 인간이 당면한 문제에 대한 궁극적인 해결임을 조심스럽게, 높은 수준의 각성을 은밀하게 전하는 것처럼 말했다. 기독교가 인간을 구원하는 보편적인 진리임을 최상의 격조를 갖춘 시를 써서 말하려고 했다.

타고르Rabindranath Tagore, 〈잃어버린 시간Lost Time〉

On many an idle day have I grieved over lost time.
But it is never lost, my lord.
Thou hast taken every moment of my life in thine own hands.

Hidden in the heart of things thou art nourishing seeds into
  sprouts,
buds into blossoms, and ripening flowers into fruitfulness.

I was tired and sleeping on my idle bed
and imagined all work had ceased.
In the morning I woke up
and found my garden full with wonders of flowers.

빈둥대던 많은 나날 나는 잃어버린 시간을 아쉬워했다.
그러나 시간을 잃어버리지 않았다, 내 님이시어
내 삶의 모든 순간을 당신이 당신의 손에 간직하고 있다.

갖가지 것들 중심에 숨어 당신은 씨가 움트고,
싹이 꽃이 되고, 성숙한 꽃이 열매를 맺게 한다.

지친 몸으로 게으른 침상에서 잠을 자면서
모든 일이 허사가 되었다고 상상하다가,
아침에 일어나자 나는 발견했다
내 정원에 경이로운 꽃들이 가득한 것을.

　인도시인 타고르는 성자의 지혜를 갖추어 시간에 의한 괴로
움을 넘어서고자 했다. 자기가 무얼 모르고 빈둥대면서 지내
는 동안에는 잃어버린 시간을 아쉬워했다. 지친 몸으로 게으
름뱅이의 침상에서 잠을 자면서 모든 일이 허사라고 생각하기
도 했다. 그러다가 망각에서 각성으로 방향을 바꾸자 새로운

세계가 열렸다고 했다.

"님"이라고도 하고 "당신"이라고도 한 대상은 신이다. 힌두교의 신이다. 힌두교의 신을 만나면 새로운 세계가 열린다고 했다. 따로 있어 섬김을 받는 신을 만난 것은 아니다. 신은 모습이 없다. 신이 만물과 일체를 이루고 있다. 만물이 서로 연관되어 있는 총체적인 양상이기도 하다.

신이기도 한 만물의 시간은 지나가고 다시 온다. 모든 것이 서로 연관되어 있기 때문이다. 가는 것이 가니 오는 것은 와서, 씨가 움트고, 싹이 꽃이 되고, 꽃이 열매를 맺는다. 가는 것을 아쉬워하지 말고 오는 것을 보고 즐거워하면 된다.

조오현, 〈아득한 성자〉

하루라는 오늘
오늘이라는 이 하루를

뜨는 해도 다 보고
지는 해도 다 보았다고

더 이상 더 볼 것이 없다고
알까고 죽는 하루살이떼

죽을 때가 지났는데도
나는 살아 있지만
그 어느 날 그 하루도 산 것 같지 않고 보면

천년을 산다고 해도
성자는 아득한
하루살이떼

현대 한국의 승려 시인 조오현은 이렇게 노래했다. 하루살이가 사는 짧은 시간 하루와 성자가 바라는 오랜 시간 천년이 다르지 않다. 어느 쪽이든 짧은 시간이고 또한 긴 시간이다. 짧은 시간을 연장시켜 긴 시간이 되게 하려는 것은 어리석다. 아무리 짧아도 긴 시간이고, 아무리 길어도 짧은 시간이기 때문이다.

　이러한 이치를 깨달아 알아야 성자가 된다. 천년을 살기 바라는 성자는 성자가 아니다. 성자이기에 아직 아득하게 모자라면서 성자 노릇을 하려고 한다. 자기는 죽을 때가 지났는데도 무어가 무언지 모르고 시간을 보내고 있어 사이비 성자의 반열에도 끼이지 못한다. 하루도 제대로 산 것 같지 않아 하루살이를 보고 부끄러워해야 한다. 하루살이는 하루를 살아도 뜨는 해도 보고 지는 해도 보아 생멸의 이치를 안다. 시간이 생멸임을 일생의 체험으로 알고 보여주는 하루살이가 진정한 성자이다.